馔

宋小君 著

如何杀死
我最好的朋友

中国友谊出版公司

图书在版编目（CIP）数据

如何杀死我最好的朋友 / 宋小君著. —— 北京：中国友谊出版公司，2021.9（2022.3重印）
ISBN 978-7-5057-5294-8

Ⅰ.①如… Ⅱ.①宋… Ⅲ.①短篇小说-小说集-中国-当代 Ⅳ.①I247.7

中国版本图书馆CIP数据核字(2021)第164747号

书名	如何杀死我最好的朋友
作者	宋小君
出版	中国友谊出版公司
发行	中国友谊出版公司
经销	新华书店
印刷	天津丰富彩艺印刷有限公司
规格	880×1230毫米 32开
	10印张 204千字
版次	2022年1月第1版
印次	2022年3月第2次印刷
书号	ISBN 978-7-5057-5294-8
定价	42.00元
地址	北京市朝阳区西坝河南里17号楼
邮编	100028
电话	(010) 64678009

版权所有，翻版必究
如发现印装质量问题，可联系调换
电话 (010) 59799930-601

给偶尔失意但仍一直快乐的你。

目录 | CONTENTS

如何杀死我最好的朋友　　　/ 1

人形玩偶　　　/ 48

极简人间喜剧　　　/ 63

你休要怀疑玛利亚　　　/ 94

道长和玛利亚坐在山顶抽烟　　　/ 113

飞翔马戏团　　　/ 150

人瑞　　　/ 177

五线谱上　　　/ 199

如何说服丈夫殉情　　　/ 229

来自妻子的报复	/ 255
我三十三岁,离婚,失业,又脱发	/ 264
爸爸妈妈缩小了	/ 273
肥皂男	/ 283
当你的情人改名叫玛丽	/ 291
出轨指南	/ 299
后记	/ 309

如何杀死我最好的朋友

序章 杀死你最好的朋友分几步

杀一个人要分几步?

选择一种杀人方法,找一个作案地点,杀掉对方,然后把尸体处理掉。

似乎并不难。

杀死你最好的朋友要分几步?

这个就麻烦多了。

杀死你最好的朋友有很多前提:

你要给他一个美妙的死法。

你不希望他死得痛苦,不希望他死得没有尊严,你要让他尽可能舒服,尽可能安详地离开这个他并不怎么深爱的世界。

世间有哪些美妙的死法呢?

不是死在医院的病床上，身上插满了管子，靠那些显示屏上的数字和图形跳跃不休的仪器强行续命。

不是死在自己痛苦的哀号之中，眼睁睁看着身体腐朽，器官衰竭，眼睛里的光像一颗死星一样熄灭。

不是死在家人的悲恸和绝望中，以死亡带走他们的一部分，让他们饱受精神折磨，然后花费多年时间从噩梦中逃脱出来。

你理解你最好的朋友，知道他最隐秘的喜好，不会因为年纪和疾病而改变。知道他渴望什么，痛恨什么。知道他在一场酒后用开玩笑的语气所提及的向往归宿究竟是哪里。

他渴望死于年轻姑娘的环绕之中，她们叽叽喳喳就是最美妙的音乐，她们柔软如云朵的胸脯就是最好的枕头。

她们周身气息与生俱来，混合着雨前泥土的潮湿、原始森林深处的雾气，让人鼻腔发痒，让人觉得安全，让人想要睡觉。

她们乐于倾听你喋喋不休地讲述年轻时半真半假的传奇故事，灵魂附体一般随着故事里的你，任性、冒险、九死一生。

他渴望死在春天一场雨后，听着草木生长的声响，看着老树抽出新芽，蘑菇从厚实的枯叶中探头探脑，石头缝儿里钻出一朵野花。

他死前觉得由衷喜悦。

他渴望死在一场童年美梦里。

梦里,他回到小时候,小镇上房屋低矮,烟囱冒出青烟和天际云层相接,他在山坡上和小伙伴点燃枯草放野火,空气极好,好到母亲喊他吃饭的声音能够轻易钻进耳朵。

他回到家,吃母亲做好的饭菜,喝井水,就着他无知无畏的童年,饱餐一顿,而后沉沉睡去,从此抛弃人间,不再醒来。

你要给他一个他心满意足的葬身之处。

你知道他讨厌那个方方正正、让人局促的小盒子。

你知道他年轻的时候,喜欢把二手卡车开到极限速度,只是为了能听到风声,一只手探出去,可以摸到风的罩杯,由小变大。

你知道他热爱大山大水,那里有植物笼罩,有走兽经过,唯独人迹罕至,似乎只为他一人天造地设。

那他就不该安息在一个精心设计,存在只是为了受后代祭拜的坟墓之中。

他应该成为风的一部分,从西伯利亚吹到中国南海,躲在老鹰翅膀底下,夺走孩子们春天放起的风筝,吹开少年刘海,掀起姑娘裙角。

他应该像蒲公英种子一样,飞到哪里就长在哪里,成为一朵花的肥料,见证拥有漂亮羽毛的鸟类在春天尽情交配。

这才是他的归宿。

在他死后，你要彻头彻尾地忘记他。

忘记他曾经来过，忘记他在这个世上遭受过痛苦，不要再让他被爱羁绊，让他了无牵挂地离去，去向一个你不着急理解的地方，或天堂，或地狱，或另一个古怪维度。

你们或许会再重逢，等再见面时，你们要像陌生人一样寒暄，拥抱，说荤段子，开过火玩笑。

你们要重新认识，重新成为最好的朋友。

一　身体监狱

刘嚣张现在正活在家人的重重看护之下。

刘嚣张嚣张了一辈子，到七十岁的时候，罹患阿尔茨海默症，也就是老年痴呆，从此灵魂被囚禁在自己日渐腐朽的身体里，成为一个可怜的囚徒。

刘嚣张住在儿子刘大猛家里。

儿子刘大猛在家里几乎每个角落都安装了摄像头，严密监视着刘嚣张的动向，以防止刘嚣张做出许多古怪到难以理解的行为：

例如，坚信儿子在墙皮里藏了一具建国前的僵尸，每逢月圆之夜，僵尸就会从墙皮中钻出来，跳进刘嚣张的梦里，质问刘嚣张：你把我的内裤藏到哪里去了？

因此，刘嚣张自己制造了工具，像剥皮一样，剥开了家里所有的壁纸，到处寻找老僵尸的踪迹。

可惜每次都一无所获，倒是把他救出的两只壁虎养在罐头瓶里，给它俩取名叫神雕侠侣。

神雕侠侣在一个晚上，成功越狱，爬进了刘大猛妻子胡瑶的被窝里，胡瑶因为过度用力地惨叫，撕裂了声带，嗓子哑了一个多月。

例如刘嚣张似乎完全不需要睡眠。

夜里十二点以后，穿戴整齐，在屋子里四处游荡，而且擅长开锁术，家里所有锁起来的房门都挡不住他。

刘嚣张对一切门后的秘密都充满好奇。

他因此见证了十六岁的胖孙子刘月亮在房间里看色情电影偷偷打飞机。

刘大猛和胡瑶在为了第二胎努力的时候，一转身发现刘嚣张站在黑暗中无声无息地看着他们。

胡瑶受不了刘嚣张。

胡瑶告诉刘大猛，照顾老人没有问题，我不是不讲道理的人，但前提是老人不会对我的精神造成伤害，否则你爸没治好，你老婆先疯了。

刘月亮不喜欢老年痴呆的爷爷。

之前，刘嚣张认定刘大猛给自己吃的五颜六色的药片是特效减肥药，于是就偷偷放进了刘月亮的饭菜里。

这直接导致刘月亮拉坏了家里两个卫生间的马桶，并且成年以后在一个礼拜之内连续失禁了六十次，其中一次是在自己最喜欢的女同学面前。

刘大猛人到中年，收入稳定，家庭还算幸福，原本应该享受中年身体发福、灵魂慵懒的特权，但是因为老爹的缘故，刘大猛习惯眉头深锁，而且身体消瘦，一层皮包着骨头，如果找对位置敲击肋骨，能敲击出"哆来咪发唆拉西"的音调。

刘大猛眼看着老爹成为自己后半生最大的负担。

他的痛苦无人诉说。

老婆不会理解，外人只顾着夸奖他孝顺：真是个好儿子，他妈走了以后，老头就跟着他过，你看照顾得多细心。

刘嚣张大半夜跑进车库里，肢解了刘大猛的二手轿车，刘大猛看着老父亲全身赤裸，布满油污，只有牙齿和眼白露出来，邀功似的看着他，告诉他，儿子，你的输油管堵了，你得去修车铺做个全面养护。

刘大猛悲从中来，连哄带骗地带着刘嚣张进浴室洗澡。

刘嚣张躺在浴缸里，难得地睡着了。

刘大猛看着老父亲慢慢沉入浴缸，水渐渐淹没了他的身体，一个念头从脑海深处升腾而起，随即再也按捺不住，他的手按在了刘嚣张额头上，慢慢加了力，任由老父亲沉入浴缸，像一条衰老的鱼。

刘嚣张几乎没有咳嗽，没有反抗，也没有睁开眼睛，任由儿子把他按进水底。

浴缸里升起来的气泡，惊醒了刘大猛，他疯了一样将父亲从浴缸里捞起来，拍着父亲的后背，以免水呛进气管儿。

直到刘嚣张从咳嗽声中醒来，打了个大大的哈欠，刘大猛再也忍耐不住，跪在父亲面前，不停地猛抽自己的耳光，号啕大哭。

刘嚣张不明所以地看着地上大哭的儿子，不耐烦地说了一句，哭什么？是不是又被学校的小流氓打了？我教你的"滚地雷"你学会了没有？

刘大猛哭得更厉害了。

二　故友

　　张小欠躺在手术台上，不确定自己能不能活着回来。

　　事前，他嘱咐女儿张美琪，千万别让家里的花草死了。

　　张小欠热爱种花种草，凡是能种到家里的植物，他都想试试。

　　要不是张美琪拼命拦着，张小欠坚持要把上个月被台风连根拔起的法国梧桐种在自家院子里，美其名曰给路过的鸟儿做个窝。

　　张美琪拿老爸没办法，因为老爸坚称，他能听见植物跟他说话。他认真地对女儿说，龟背竹告诉我，你妈走后，灵魂常常回家，她说她喜欢森林，我需要把家里变成森林。

　　张美琪只能叹息。

　　张小欠的心脏已经很脆弱了，他经常感到自己的心跳有时候会停跳一两拍。心跳停跳的间隙，张小欠自称能听见来自植物的低语，顺道破解一些人生秘密。

　　张小欠的胸腔被打开，衰老的心脏像一个连续工作了太久的发动机，迫切需要修理。

　　人类医学进步，再一次延长了他的生命。

　　心脏搭桥，多传神的名字，在生与死之间，再搭一次桥，似乎是在给他告别的时间。

　　张小欠好了起来，胸口多了一道疤，张小欠迫切想把这道疤展示给刘嚣张看。
　　年轻的时候，刘嚣张带着张小欠和整条街上的小流氓干架，刘嚣张的左臂被西瓜刀砍伤，从此就留了疤。
　　这道疤给了刘嚣张嚣张的底气，等他老去之后，每次说起少年往事，必不可少的项目就是给听众展示这道疤痕。
　　刘嚣张说，疤痕是男人的勋章。
　　张小欠很高兴，自己也被生活授勋了。

　　张小欠再次出现在刘嚣张面前，正准备告诉刘嚣张自己死里逃生的经历。
　　此时，刘嚣张正在努力拆掉家里的马桶，对张小欠的疤痕毫无兴趣。
　　张小欠自顾自地讲述自己被全身麻醉之后，还是能感觉到有人正在对他的心脏动手动脚，甚至觉得自己在一瞬间灵魂抽离，可以随意附体在任何活物身上。
　　"砰"的一声，刘嚣张成功地推倒了马桶，下水管炸出水花，厕所里凭空诞生了一个喷泉。
　　刘嚣张得意地看着张小欠，告诉他，美好藏身于细节，我在下水道里养了一条鲸鱼你信吗？

张小欠四处寻找刘嚣张家里的总闸，刘嚣张却拦住他，对他使用了加强十字固，死死地锁住，在他耳边低语：嘘，别吵，鲸鱼一会儿就要出来了。

刘大猛和胡瑶匆匆赶回来的时候，家里已经成为一个游泳池，花盆，拖鞋，瓶瓶罐罐纷纷游出来。

刘嚣张和张小欠坐在澡盆里，以手做桨，划到了刘大猛和胡瑶面前，看着夫妻两个，热情邀请：人类，你们打算登上我的诺亚方舟吗？

刘嚣张和张小欠坐在床垫上下棋的时候，刘大猛和胡瑶一边排水，一边近乎抓狂地吵架。

吵架的内容无非是胡瑶坚持要把刘嚣张送进养老院，但是刘大猛死活不同意。

胡瑶说，不同意就离婚，我受够了！

刘大猛说，那是我亲爹！

胡瑶骂，你亲爹早晚玩儿死你！

张小欠有些伤感地看着埋头在棋局里苦思冥想的刘嚣张，刘嚣张此时也抬起头看着他，两个衰老的人长久地对望，谁也没说话。但是，张小欠似乎在刘嚣张眼睛里看到一丝转瞬即逝的光，那是他再熟悉不过的一道光,来自那个天不怕地不怕的少年刘嚣张。

刘嚣张突然对着张小欠开了口:弄死我。

张小欠眼前一个霹雳炸开——

三　少年

刘嚣张和张小欠生活的洗马镇上,有个叫大朦胧的傻子。

他生下来就是个傻子,一开始还在镇上到处晃悠,后来长大了,力气渐长,喜欢和人畜打架。

小孩子们残忍,叫骂他傻子,朝他扔石头,砸得他满脸是血。

他犯了混,用砖头当手榴弹,准头十足,一连砸破了六个小孩的脑袋,要砸第七个的时候,才被镇民发现,绑起来送回家。

父母把他吊在房梁上,男女混合毒打了一顿,让他长记性。

他再次出现在街头的时候,看到小孩都躲着走。

小孩们就接着朝他扔石头。

这次他不敢反抗了。

石头砸得他头上脸上都是血,血干了,又流出新的来,糊在脸上,时间一长,脸蛋总是红的。

一开始父母还给他洗澡,久而久之也就习惯了,不再管他。

他不和人打架了，转而和牛斗殴。

尤其喜欢和牛顶脑袋，据说普通的公牛都顶不过他。

有一次，牛主人把牛拴在沟里，自己有事回家了，结果缰绳开了，公牛跑进地里嚼庄稼，被大朦胧看见。

大朦胧和公牛顶脑袋，这一次，他输给了公牛。

公牛挑衅似的在庄稼地里撒欢，糟蹋粮食，大朦胧忍无可忍，飞扑上去，一口咬爆了公牛的睾丸。

牛主人赶来时，公牛血流了一地，眼看是不行了。

牛主人去大朦胧家里闹了三天，家里赔了钱，一家人把牛切了，分给全镇，全镇人吃了三天的牛肉宴。

大朦胧从此被父母锁在堆杂物的里屋，身上锁着链子，屎尿都在屋子里，他爹每个月清理一次。

关了几年，大朦胧就彻底疯了，遇着活物就咬，咬老鼠，咬猫狗，最后连爹妈都咬，但生命力顽强，一直活到五十多岁才死。

大朦胧死的时候，瘦得就剩一点了，皮包着骨头，从繁体字瘦成了简体字。

父母终于得到解脱，葬礼倒是花钱办了，吹拉弹唱，好不热闹。

大朦胧给全镇人贡献了两次狂欢。

刘嚣张和张小欠是看着大朦胧一点一点死去的。

大朦胧被埋在山岗上，一座低矮孤坟，跟他生前一样，可有可无，没人在意。

刘嚣张和张小欠去看大朦胧，两个人坐在坟头，偷偷抽从家里偷出来的香烟，沉默不语。

直到天快黑了，刘嚣张才开口说话，我有个提议。

你说。

要是我以后活成大朦胧这样，你弄死我，别让我死得那么漫长。

张小欠笑了，我们家有遗传病，我要是瘫了，你先弄死我。

刘嚣张说，没问题啊，我有一百种方法弄死你。

两个少年，在坟头抽着烟，谈论着遥不可及的死亡。

张小欠临走的时候，刘嚣张在药物的作用下，今天第六次失禁了。

张小欠站在门口，看着刘嚣张像个做错事的孩子一样，任由刘大猛脱掉衣服，露出干枯如树皮的皮肤，换上成人纸尿裤。他不敢相信，眼前这个几乎要瘦到消失、又活得毫无尊严的老头，是当年那个带着自己闯荡江湖的嚣张小刘。

只穿着纸尿裤的刘嚣张再次看向张小欠，张小欠又在他浑浊眼神里捕捉到了那道年轻的光。

一个念头在张小欠脑海中轰然炸开。他要兑现当年和刘嚣张的约定：

他要杀死自己最好的朋友。

四 一种死法

刘嚣张以旺盛的精力，折磨着全家。

只有在正午阳光最烈的时候，他才会在阳台上眯一会儿。

而这时候，孙子在学校，儿子和儿媳妇都在上班。

张小欠决定这时候行动。

张小欠第一个想法是在刘嚣张家里弄死他，造成意外，神不知鬼不觉。

至于死法，张小欠早有安排。

上了班，进了城，张小欠和刘嚣张喜好深夜聚酒。

刘嚣张酒量并不好，但贪杯，擅豪饮，气势上从不会输。

张小欠本来不喝酒，但在刘嚣张的熏陶下，酒量慢慢就上来了，竟然成为朋友圈里最能喝的一个。

刘嚣张酒后就写诗，尤其热爱幻想死亡。

他举着酒杯，对准日光灯，披一身从落地窗涌入的夜色，醉眼迷离地朗诵自己脑子里刚刚发酵的诗句：

　　把骨灰倒进马桶
　　倒入干冰
　　看着雾气腾腾如仙境
　　这真是一场好葬礼啊

张小欠就冷笑，说了一句很不合理的话，人年轻就不会死。

两个年轻人在北方深夜里喝多了，勾肩搭背，跌入夜色，指天骂地，一个欠收拾，一个很嚣张。对路过汽车竖中指，对晚归姑娘吹口哨，说淫邪骚话，惹来姑娘白眼、汽车鸣笛。

他们由衷地开心，有了兄弟有了酒，就不需要女人，就不需要钱财，就不需要名利。

他们睡在下水道旁边、马路牙子上、草木生发的绿化带里，抬眼看星辰，吞吐月光和晚风。

张小欠心脏手术之后，就在女儿勒令下，把酒戒了。

但张小欠总是做梦，梦见年轻的日子，梦见那些醉酒后羽化登仙一般的岁月。

酗酒已不可得，醉酒后回忆，倒是也有醺醺之感。

所以，就让他死于酒醉吧。

一场大酒之后，就死去，天地两不相欠，人间再无挂碍，得一身轻松，谓之解脱。

张小欠戒酒之前，私藏了一箱单一麦芽威士忌，距今小二十年了，一个年轻姑娘的年纪。

海明威说什么来着？

> 面对亲吻美女
> 和打开一瓶威士忌的机会时
> 永远不要犹豫

喝了它，就着人生悲喜，一醉方休，一死作罢。

要是自己心脏也因此停跳了，那也是天意。人终有一死，早几天晚几天也没什么分别。

带着酒，他潜入刘嚣张家。

刘嚣张正在阳台上打瞌睡，阳光正在故友老脸上的沟壑里流淌。

张小欠开了酒，烟熏、果木、花香、泥煤、海盐等复杂味道，裹挟着苏格兰高地田野上的风，一同袭来，唤醒了沉睡的刘嚣张。

刘嚣张吸了吸鼻子，眼睛就落在了酒瓶上。

抬眼看张小欠，脸上流露出一种深不可测的表情。

两个人无言举杯。

多年故交,已经有了不需要说话的默契。

酒杯碰撞,两颗跳动了近七十年的心脏,如今似乎已经承受不了烈酒了。

但这又有什么关系呢?

几杯酒入了豪肠,呼吸热了,脸颊红了,两个老朽又都变成了年少时模样。

张小欠想起了自己辜负的老情人,那个豪气逼人的北方姑娘,说话大声,热气腾腾,除了对他,对谁也不肯服软。每个周末都来看他,从家乡带上她觉得好吃的一切,驱车百里夜奔而来,到了他家,已经是凌晨。狠狠抱她,夜风和冷,还藏身于她皮肤里,亲她,尝她嘴里的烟味,冲撞她,拼尽全力,让她从小就冰冷的手脚也热起来。贴股而眠,一觉天亮。她总是说,在家里睡不好,只有在你怀里才能睡得沉。

可最终,张小欠还是辜负了她,伤了她的心。她心灰意冷而去,从此不再联系。

张小欠把她深埋心底,用尽余生后悔,心里深知,怕是终其一生也遇不到更痛爱他的人了。

眼泪就和着笑一起流下来。

刘嚣张浑浊的双眼，突然亮了亮，看着老友流泪，只是无声地拍他肩膀。

张小欠看着刘嚣张，自嘲地笑，情人、朋友和敌人都老了，我们也都别饶过岁月。

刘嚣张点头，突然一把握住了张小欠的手，笃定地看着他，一字一句地说：你一定要弄死我。

张小欠如被雷击，心肺震颤，刚要说话，刘嚣张的眼神却突然浑浊起来，打了个嗝，胃液和食物就一起涌了上来。他仰着头，制造了一个抛物线。

张小欠哈哈大笑，这个场景他再熟悉不过，年轻时的刘嚣张喝多了就是这样，仰着头，吐出抛物线，故意制造一个优美的弧度。

刘嚣张还因此写了诗：

　　你走之后

　　我喝多了

　　站在路边

　　扶着树干

　　吐得像一个被撞开的红色消防栓

张小欠笑着笑着，自己眼前也飘飘然起来。

地毯里汩汩冒出水来，沙发垫漂浮着，像船，他躺在沙发垫上，像一个在海上漂泊了好多年的幸存水手。

再去看刘嚣张,他身上的衣服褪去,苍老的皮肤上一瞬间就黑亮光滑了,就在他眼前,以肉眼可见的速度,化身成一只鲸鱼,喷出水柱来,直冲斗牛。

等张小欠再一次醒过来,已经躺在了医院病房里。

张美琪抱着胳膊冷眼看着他。

张小欠第一个念头来不及思考就从嘴里跑了出来,刘嚣张死了吗?

张美琪冷笑,爸,差点死的是你。刘叔把酒都吐出来了,一点事儿没有,现在家里睡大觉呢。谁让你喝酒的?喝就喝吧,还喝那么多,你是想自杀吗你……

张小欠把女儿的话自动消音,心里苦笑,好朋友没弄死,差点把自己弄死,这可不行啊。

五 N种死法

因为喝酒的事情,刘大猛和胡瑶找张美琪发了脾气,严禁张小欠再踏入他家一步。

但张小欠岂能罢休呢?

弄死刘嚣张是他死前唯一重要的事情了。

但怎么弄死还是让张小欠犯了难。他突然又想到效仿名人的死法。

学海明威，吞一把陪伴自己多年的猎枪，两颗霰弹爆射出来，经过口腔，直入喉咙，就像吃跳跳糖，把饱经风霜、储藏记忆和悲伤的脑袋彻底炸开，炸成一朵焰火。

但猎枪找不到，找到了也犯法，给儿女留下麻烦，划不来。

学图灵，啃食毒苹果。
但氰化物不可得。
而且据说死后容颜难看。

学三岛由纪夫，切腹，自己给刘嚣张当介错。
但又怕刘嚣张和三岛由纪夫一样，吃不了疼，自己手里的介错刀也砍不准，砍断了骨头，还连着筋，歪着头，怪吓人。而且砍头之后，血珠会喷到天花板上，弄得到处都是，也不环保。再说了，这个死法太日本，不中国，不可取。

学老舍，白衬衫，蓝裤子，千层底鞋子，自沉太平湖，双手扒住湖崖石头，自己淹死自己。
但一来没有受老舍那么大的委屈，二来又怕把湖水也污染了，吓到小朋友。迷信一点，害怕变成水鬼，到处找别人的麻烦。
何苦来哉？不可取。

学海子，卧轨，殉诗。

又怕影响列车运行，耽误年轻人赶路，实在为老不尊，不可取。

遛弯儿的时候，张小欠苦思冥想，觉得自己的白头发都蹿出来了。

低头沉思，忽见街边按摩店小粉灯正在闪烁。

张小欠有了个想法。

六　马上风

深夜，张小欠扛着梯子，摸到刘嚣张房间后窗，敲窗户，用威士忌引诱。

刘嚣张果然醒了，看到了张小欠，攀着梯子下来。

张小欠拉着刘嚣张钻进了夜色深处的小粉灯里。

姑娘嗑着瓜子，看着两个老头，见怪不怪，问了句，大爷，你们是一起做呢，还是分开做？

张小欠想了想，我不做，我就看着我这哥们儿做。

姑娘点点头，懂了，您喜欢看。

张小欠猛点头，是是是，不过姑娘，我这哥们儿有点老年痴呆，你得多照顾着点。

姑娘笑了,嗨,没事儿,开门做生意,哪能挑客人呢?大爷,你们是想做简单的丝袜诱惑呢,还是全套的帝王水疗?

张小欠当机立断,就这个帝王水疗吧。

姑娘说,好嘞。

张小欠拉住姑娘,等等,姑娘,我这老哥们儿身体好,能不能多来几次?

姑娘难以置信,打量着刘嚣张,刘嚣张只是对着姑娘憨笑。

姑娘也乐了,行啊,包夜吧那就,想几次,就几次,别死在我这儿就行。

张小欠笑了,说,那肯定了。

大木桶里,泡着中药,热气滚滚。

刘嚣张泡在木桶里,微闭着眼睛。

姑娘只穿着贴身内衣,动作熟练地给刘嚣张搓澡,刘嚣张舒爽得直哼哼。

张小欠坐在按摩床上,把玩着手里姑娘的手牌,想起了许多事情。

刘嚣张年轻时有个女朋友,是健身教练,身材好,身体好,柔韧度尤其好。

刘嚣张当时和张小欠在丽水嘉园合租一套房子,两个卧室就隔着一面薄墙。

晚上,刘嚣张先吃四个生鸡蛋,按摩小腹,指压腹股沟,通足太阴脾经、足少阴肾经、足厥阴肝经,呼吸吐纳两小时,而后洗澡。

洗完澡,身上水不擦,从浴室里,泥鳅一样滑进卧室,以飞鸟投林之势,砸入被窝,急急慌慌寻找可以容身之处,一旦找到,骨盆里生出一股邪劲,打夯机般高速律动。

张小欠在隔壁饱受折磨。

墙上的挂画,都掉下来。

四根床脚东摇西晃,天花板上吊灯晃动如风铃,抖落得一点灰尘都没有。

折腾到天蒙蒙亮,两个人才睡去,而这时候,张小欠再也睡不着了。

处了一个月,女朋友提出分手。

刘嚣张苦劝,但女朋友铁了心。

无奈之下,刘嚣张让张小欠帮着说说情。

张小欠就问女孩,到底是为什么啊?

女孩没说话,当着张小欠的面,称了称自己的体重,四十公斤。

张小欠不解。

女孩说,跟刘嚣张在一起一个月,我体重掉了十公斤。

张小欠愕然,什么意思?

女孩叹气,我早上起来,腿疼,小区门口都走不出去。一开始还只是下蹲疼,后来撒尿疼,现在喘气都疼。是,舒服是舒服,但我身子骨经不起折腾,让他找个铁姑娘吧。

女孩扬长而去。

张小欠愕然。

刘嚣张一脸委屈,那……天生的,是我的错吗?

张小欠希望刘嚣张死于马上风。

确切地说,是刘嚣张自己想要死于马上风。

为此,刘嚣张有一次造爱结束后,写过一首诗:

> 我拍死你小腹上一只蚊子
> 蚊子血点了朱砂痣
> 我羡慕起来
> 我也想这样
> 死在你身上
> 做一颗痣

张小欠决定成全好兄弟。

刹车声把张小欠从回忆里惊醒。

破门声，脚步声，女孩尖叫声，男人怒喝声。

强光手电晃动，闪光灯扫射……

等张小欠反应过来，他和刘嚣张已经和衣不蔽体的小姑娘们一起抱着头，蹲在了派出所里。

张美琪、刘大猛和胡瑶签完字，交了罚款，把张小欠和刘嚣张从派出所里接出来，天已经大亮。

张小欠低着头。

儿女们脸色惨绿。

刘大猛颤着手，指着张小欠，强压怒火，张叔，你……你以后离我爸远点。他傻你也傻吗？

张美琪不爱听了，一把打开刘大猛的手，你说谁傻？泡澡的可是你爸！

刘大猛急了，眼睛都鼓出来，刚要说话，被胡瑶一把拉住，算了，赶紧回家吧。

两个人要去拉刘嚣张，刘嚣张一把甩开，走过来拍拍张小欠的肩膀，一脸得意，爽得很啊。

张小欠苦笑。

话音未落，刘嚣张就被刘大猛和胡瑶推上了车，扬长而去。

张美琪气得眼泪都快出来了，张小欠，你让我说你什么好？

你……哎……

张小欠握着手里的手牌，一言不发，思绪却不知道跑到哪里去了。

七　越狱

刘嚣张被彻底地囚禁在屋子里。

刘大猛为此加装了防盗门和防盗网，铜墙铁壁，这次刘嚣张开不开了。除了刘大猛和胡瑶，连刘月亮都没有钥匙。

两个人任由刘嚣张在家里折腾，就是不让刘嚣张再迈出房门一步。

张小欠站在屋外，远远地看着囚禁老朋友的"监狱"，一声哀叹，不由得想起了大朦胧。

张小欠不想刘嚣张也像大朦胧一样，像条狗一样死去。
他必须营救他。

张小欠设计了六套劫狱方案，但演示的时候，失败概率都很大。
唯一的方法，就是从内部突破，让刘嚣张主动越狱。
思来想去，张小欠决定，为了自由，只能先委屈兄弟了。

中午，刘嚣张把家里的鱼缸搬到阳台上，脚放进去，自己给自己做鱼疗，打着瞌睡。

突然，他嗅到一股奇异的味道，大脑里仍旧活跃的细胞惊醒，吸着鼻子到处找，走到窗户前，透过防盗网，看见楼下张小欠架起来一口锅，底下烧着柴火，锅里冒着热气。张小欠掀开锅，锅里全是蛤蜊，张小欠不停地往锅里倒威士忌，香气直入刘嚣张鼻腔——威士忌煮蛤蜊，刘嚣张年轻时最爱吃的一道菜。

刘嚣张在屋子里急得抓耳挠腮，但窗户上的防盗网打不开，房门反锁了，出不去。

刘嚣张急得在屋子里团团转。

一连三天，每天中午，张小欠都在楼下用威士忌煮蛤蜊，刘嚣张被折磨得双眼通红，嘴角不停流口水，嘴角都烂了。

第四天凌晨，刘大猛和胡瑶被刘月亮的惨叫声惊醒。

两个人冲进客厅，惊讶地看到刘嚣张一手擒住光着腚的刘月亮，一手拿着电推子对着刘月亮的头发。

刘大猛和胡瑶都蒙了。

刘月亮吓得涕泪齐流，爸妈，别让老东西剃我光头。

刘大猛也傻了眼，爸，你放开你孙子，有话好好说。

刘嚣张双眼通红，嘴角流涎，状如野兽，吼，放我出去，不然我给这小子剃个阴阳头。

刘月亮吓惨了，哭得不能自已。

刘大猛头都大了。

胡瑶心疼儿子，爸爸爸，你别冲动，我……我这就给你开门。

还不等刘大猛反应，胡瑶拿出钥匙，开了门。

刘大猛眼前一晃，刘月亮整个人被扔了过来，砸在了夫妻俩身上，一家三口瘫倒在地。

再去看，刘嚣张早已经不见了。

刘大猛和胡瑶到处找，也找不见刘嚣张的踪影，去找张小欠兴师问罪，张小欠躺在家里捂着心脏，自身难保。

刘大猛和胡瑶对望一眼，两个人各怀心思，眼神里却突然流露出同一个转瞬即逝的念头——

要是刘嚣张就这么走丢了，永远也回不来了，该有多好。

但刘大猛随即被自己的念头吓到了，猛抽了自己一个耳光，吓了胡瑶一跳，还以为自己的心思被刘大猛看透，这个耳光打在了她脸上。

刘大猛拉着胡瑶去派出所报案，民警了解了情况，说不到四十八小时，还不能立案啊，你们要不再找找？

刘大猛和胡瑶也不上班了，无头苍蝇一样，到处找。

中午，张小欠摸过来，威士忌煮蛤蜊，环视四周，只见刘嚣张从小区冬青丛里野驴一样蹿出来，扑向热锅。

张小欠看着刘嚣张不顾烫嘴，刺溜刺溜吸食着蛤蜊，喝着威士忌汤，笑了，心说，刘嚣张这个反侦查能力倒是一点都没落下。

他看着老朋友，深呼吸一口气，说了句，从今天开始，我们两兄弟就要到处流浪了。

八 共享葬礼

张小欠和刘嚣张一起失踪了。

刘大猛、胡瑶和张美琪也顾不上拌嘴了，各自到处找。

派出所也出了警，调出监控一看，两个老头最后一次出现在监控里，就是在刘大猛楼下架着铁锅吃蛤蜊。此后，他们俩成功避开了所有摄像头。

儿女们头都大了。

把两个老头的照片放在一起，打印出来。

网上，墙上，到处贴寻人启事。

他们俩能去哪儿呢你说？

张小欠在弄死刘嚣张之前，打算带他去见几个老朋友。

结果，那些人除了病得在医院里不能动的，就是在养老院里奄奄一息人畜不分的。

两个人转了一圈，刘嚣张吃了又拉了一裤子，一个老朋友也没能相认。张小欠心情低落。

翻遍了电话本，最后只好联系了李砖头，这才从他儿女口中得知，李砖头是见不到了，但追悼会可以来参加。

李砖头原本是刘嚣张和张小欠从小一起长大的兄弟。

他们日夜在一起，无论婚姻还是死亡，似乎没有什么能把他们分开。

刘嚣张是老大，张小欠是老二，李砖头是老三。

他们热爱看侦探小说，沉迷于军事游戏，尤其喜欢玩侦查与反侦查的游戏。

一个人藏身一间小屋子里，另一个人愣是找不到。

三兄弟，惹事，闯祸，天不怕，地不怕。

那天，他们去河边钓鱼，碰上了鱼群，钓了好几桶鱼，收获颇丰。

吃不完，便决定到城里卖掉，卖了钱，一起去吃西餐。

那是他们第一次走进西餐厅。

此前他们从来没有吃过牛排，没喝过洋酒。

刘嚣张被一道威士忌煮蛤蜊折服了，吃着吃着，眼泪汪汪，哀叹，世间竟有如此好吃的食物。

李砖头嘲笑刘嚣张没见过世面，自己却也啃咬着冒血的牛排。

不过那时候，他们觉得威士忌不好喝，冲，苦，味道又复杂。

等他们察觉到这种复杂滋味宛如人生之后，就上了瘾。

酒后，他们互相搀扶着，兜里还剩下一点钱，经过一家彩票站。

李砖头提议，把剩下的钱全买彩票，说不定能中大奖，到时候兄弟们天天吃威士忌煮蛤蜊。

刘嚣张和张小欠都附和。

同一个号码，包含了三兄弟的生日，买了十注。

李砖头郑重地把彩票收起来，告诉兄弟们，中了大奖，我们给洗马镇修路。

兄弟们哈哈大笑着徒步回到了洗马镇。

三天以后，彩票开了奖，中了，一注十万，十注一百万。

刘嚣张和张小欠顾不上穿鞋，你追我赶地跑去找李砖头。

此时的李砖头，正在家里翻箱倒柜。

一问之下，这才知道，彩票丢了。

三兄弟掘地三尺，没有，沿着从城里回来的路，找了一天一夜，没有。

李砖头捶胸顿足，闹着要跳河自杀。

刘嚣张和张小欠苦劝，算了，都是命。

李砖头号啕大哭，没钱给镇上修路了。

好在年轻，这点糟心事儿很快就被刘嚣张和张小欠抛在了脑后。

李砖头一开始提起来还号哭，后来也不提了。

三个月以后，刘嚣张和张小欠去找李砖头，发现他全家搬家了，一问，才知道在城里买了房。再一问，说家里突然发了横财。

刘嚣张和张小欠对望一眼，跑到城里彩票站，问站长三个月前的百万大奖，有人来领吗？

站长说当然了，谁会不要一百万呢？

刘嚣张和张小欠都怒了，到处打听李砖头的住处，夜里，半路截住了李砖头，问，你是不是独吞了彩票？

李砖头拒不承认。

那你们家哪儿来的钱在城里买房？

李砖头说，我爸赚的钱。

刘嚣张不相信。

李砖头急了,大吼,我看你们两个是穷疯了!

刘嚣张抄起一块砖头把李砖头砸成了脑震荡。

刘嚣张家里赔了李砖头家五万多块钱,几乎把家里拖垮了。

刘嚣张的老爸打了刘嚣张三天。

要不是张小欠深夜营救,刘嚣张大半条命都得没了。

三兄弟从此就剩下了两兄弟。

张小欠劝刘嚣张,算了,这都是命。

张小欠给自己和刘嚣张各买了一套二手的西服,有点不太合身,但总比不穿要好。

两个人出现在李砖头的追悼会上。

遗体告别。

张小欠看着李砖头的遗体,这个他和刘嚣张曾经最大的敌人,如今已成了一张照片,悬在灵堂高处,颇有点俯视众生的意思。

一瞬间悲从中来。

此前,他从没想过,自己会为了敌人而伤心。

张小欠拉着刘嚣张,心事重重地从灵堂里走出来。

往前走,却走不动了,回头一看,刘嚣张站在原地,拉着他,不肯走。

张小欠不解。

刘嚣张眼里有光,说了一句,我有个想法。

张小欠一呆。

刘嚣张溜进去,摸到棺木旁边。

张小欠再一次拜祭李砖头,号啕大哭,伤心欲绝,突然就捂着胸口,倒地抽搐。

没有人理他。

张小欠有些尴尬,抬头一看,发现李砖头的儿女们打成了一团,仔细一听,说是遗产分配不均。

张小欠叹了口气,去看刘嚣张。

刘嚣张趁机掀开棺材盖儿,把李砖头侧过身来,自己也侧身躺进去,和李砖头面对面,又合上了棺材盖儿。

这时候,终于有人发现了张小欠,涌了过来,不知是谁说了一句,还是送医院吧。

任由张小欠怎么拒绝,他还是被簇拥着赶了出去。

棺木里,刘嚣张看着李砖头,双目炯炯,现在你也死了,我也快了,我原谅你了。借你这宝地躺一会儿,就当给自己也办了个葬礼。

话音未落，刘嚣张眼神里的光消失了，一阵睡意袭来，他眼皮慢慢就合上了。

张小欠好不容易挣脱了医生，从医院里跑出来，拦了辆车，就往灵堂跑。
而此时，棺木已经装上了灵车，开往火葬场。
棺木里，刘嚣张睡得正香。

张小欠冲进灵堂，发现棺木不见了，抓住一个人就问，棺材呢？
那人发着蒙，去火葬场了啊。
张小欠腿软了。

张小欠在路边，拦不到车，拔腿跑，跑了两步，心脏就受不了了。
停下来，喘着粗气，平复着自己的心跳。

刘嚣张此刻正在做梦。
刘嚣张一生中，做过无数个梦。
梦见过许多人，许多事。
这些人是他心底的人，这些事是他心底的事。
男人不会轻易提起心底的人和事。

但此刻,梦里年轻的刘嚣张,身体健康,肌肉发达,胯间妖物勃起如龙,刚刚经过了一个月雨季,在南方小城里,和初恋情人躺在床上,阳光穿透云层,似乎是从很远的地方赶来,通过带着微灰的玻璃,漫射进小小的朝南卧室,很慢很慢地点燃了两具年轻的身体,听他们燃烧的声响,一切都如诗。

刘嚣张抱着初恋情人,此刻的他,忘记了过去,不在乎未来,他的一部分或者说大部分,都沉浸在女孩如水的灵魂里。

女孩毫无保留地爱着他,爱着他的胎记、他的伤疤,情到浓时,就在他身上随机留下一个咬痕,一条抓痕,抑或是一个吻。

刘嚣张觉得自己已经烧到了骨骼,进而烧着了灵魂,急不可耐地和所有美好回忆同归于尽。

张小欠赶来的时候,心脏已经跳成一台老旧发动机。他站在火葬场门口,徒然地伸出手,想要阻止什么,却一句话也说不出来。

他抬脚要走进去,又突然停住,心里冒出无数个念头。

这算是一个美妙的死法吗?

他不确定。

做梦的时候被烧成灰,是什么感觉呢?

梦还是会醒。

刘嚣张睁开眼睛，脑海里一切消退，所有人和事又深埋心底，所有逻辑又变得混乱无序起来。

他觉得憋闷，一脚踹开了棺材盖儿，眼前露出一片微光。
刘嚣张突然出现，把火葬场两个工作人员吓得瘫倒在地。

刘嚣张跟李砖头说了声再见，跳出了棺材，扬长而去。
张小欠看着老友从火葬场里大步走出来，竟有一种劫后重生之感。他冲过去，抱住刘嚣张，眼泪无声地流下来。
浑然不觉的刘嚣张，只是仰头看着天空上云朵变换形状，在他眼里，化成一对豪乳。

九　去荷兰

刘大猛和胡瑶吵了起来。
原因是胡瑶找得辛苦，说了气话，开口提出来，要不干脆别找了。
刘大猛甩了胡瑶一个耳光。
这是他第一次打胡瑶。
胡瑶近乎疯了，用指甲在刘大猛脸上挠出一幅梵高，高叫着，我只是说出了你内心深处的想法，你明明自己也不想要你这个爹了，你只是不敢承认而已,懦夫!

刘大猛被说穿了心事,苦笑,随后猛抽自己的脸,捶打自己的胸膛,状若癫狂。

这个反应吓到了胡瑶,她看着丈夫,沉默了。

刘大猛哭倒在地,良久,才开了口,我不能让我爸就这么不明不白地走了,就算死,他也要死在我面前。等我爸死了,我就没爹没娘,男人要是没爹没娘,这世上就只剩下依靠他的人,没有他能依靠的人了。

胡瑶叹了一口气,眼前一米八的丈夫,突然就变成了一个孤单无助的小孩子。她蹲下来,拥他入怀。

小孩子在胡瑶怀里,哭到抽泣。

胡瑶说,我们找,我们接着找。

张美琪几天没睡觉了。

她给张小欠打电话,发微信,无一回复。

她红着眼,到处贴寻人启事。

张美琪脑海里一直在回荡她妈临走前说的话:

照顾好你爹,不然妈妈死不瞑目。

张美琪已经不知道,自己对老爹还剩下的到底是血浓于水的亲情,还是子女的义务和责任。

她弄不清楚自己对老爹爱的成分。

她看着寻人启事上老爹傻笑的脸,跺脚大骂,老头,你死哪儿去了。你快回来啊。你别给我找麻烦了。我很累很累了,你知道吗?

骂着骂着眼泪就流下来,瘫软在地,哭成一个她最讨厌的那种歇斯底里的中年妇女。

网吧里,张小欠用毛片锁住了刘嚣张,他老老实实,认认真真地看着。

张小欠在网上检索美妙的死法,最终眼神落在了荷兰,风车国度,骑士经过的地方,阿姆斯特丹橱窗式妓院,从阿尔卑斯山一路流淌而来的莱茵河河水,如海的郁金香,还有——

安乐死。

张小欠看了一眼正在聚精会神端详毛片的刘嚣张,笑了。

张小欠带着刘嚣张到了银行,把自己所有的退休金都取了出来。

又找了一个夕阳红老年团,报了名,荷兰五天六夜。

张小欠把安乐死的审核材料早早寄出去,希望到了荷兰,就能执行。

等待签证下来的日子,是快乐的,甚至比去荷兰本身还快乐。

电视和报纸上都登了寻人启事,但没有人真正关心两个老头的去向。

他们本就在生命尽头了,和大部分人都不同路。

他们走在人群中,近乎透明,完全不被注意。

或许，不被注意，就是衰老的乐趣。

张小欠原本想着出发之前，带着刘嚣张跟儿子和儿媳妇告个别。
但又担心他们会扣留刘嚣张。
思来想去，干脆和谁都不说。
既然事已至此，干脆就学水滴入海。

张小欠看着刘嚣张，不知道刘嚣张是否知道他要走向生命尽头。
刘嚣张站在路边，吃着棉花糖，看路过的姑娘，从他的表情和站姿来看，他似乎连自己衰老和生病这件事也忘记了。
张小欠突然觉得，返老还童，也许大概就是这个样子吧。

张小欠和刘嚣张去墓地，看望两个人提前离去的妻子。
她们躺在墓园里，凝望着飞鸟经过，人群熙攘，邻居一天天变多。
她们其实是在等待，等着和张小欠、刘嚣张重逢。

张小欠这一生爱过许多女人，辜负过，也被辜负过。酒后他时常会想起他生命中的某个女人，有时候甚至恍惚，不知道眼前正在晒太阳的妻子，究竟是哪一个，又或者是女性这种美好生物一切美好的组合。
妻子似乎通晓他内心深处的想法，从不计较，允许他回顾自己的深情史、滥情史，然后给他热一碗汤。

墓碑上，妻子仍旧是年轻时的模样。
这是妻子死前的要求。
她说不希望死了，还是一张老脸，遗照要用我二十来岁的照片。
她那么好看，那么爱笑，走了这么多年，笑声还回荡在张小欠耳朵眼里。
妻子曾经说，这叫阴魂不散。
可张小欠知道，这叫陪伴。

张小欠亲吻了年轻的妻子。
回头去找刘嚣张，看到刘嚣张收集了别人墓碑前的花束，安放在老伴墓前，一言未发，或许是在无声告别，又或者是告诉她，我们很快要见面了。

十　安乐死

飞往荷兰的飞机上，张小欠和刘嚣张置身云端，睡得如此香甜。奇怪的是，旅途中，人竟然有婴孩般的睡眠。

Red light secrets。

直译就是红光里的秘密。

好名字。

阿姆斯特丹的橱窗里,女孩们美成一幅画,肉体的诱惑纤毫毕现,置身某种令人晕眩的红光之中,美好肉体如林,如地狱,似天堂。

求欢者、瘾君子和流浪汉穿梭其中,无分贵贱,只要兜里有欧元,都可以在这里贪欢一晌。

张小欠和刘嚣张逐个橱窗走过去,姑娘们或笑,或媚眼,或冷眼。

他们分别停留在一个橱窗前。

橱窗门打开,女孩的胳膊环绕上两个人的脖颈。

红光里,两个老友对望,似乎彼此都没有那么衰老了。

廉价小旅馆里,隔音奇差,呻吟声组成声浪,回荡在夜色笼罩的街巷上。

张小欠和刘嚣张在同一间房,两张床。

两个异国女孩,洗完澡,冒着热气,滴着水,如两条鱼,躺在床上,呈现出妖娆的图形,犹如神祇,等待两个衰老凡人的献祭。

两兄弟,再一次找回了往日默契,对望一眼,眼神里都有精光。

女孩们的叫声,掀翻了天花板,直入云霄,惊散飞鸟。

End of Life Clinic。

医生给出的答案是:NO。

理由是:你有路可走。你的状况并不如你所描述的那样绝望。

张小欠从刘嚣张浑浊的双眼里看到了失望。

两个人离开临终诊所,一时间不知道该去哪里。

张小欠迷茫了起来。

刘嚣张突然开了口,只有两个字儿,风车。

刘大猛和张美琪接到了来自荷兰医生的电话。

两个人得知父亲们远赴荷兰,寻求安乐死,都慌了神。

什么也顾不上,赶紧办签证。

考虑到情况特殊,签证官给了他们加急处理。

南荷兰的小孩堤防,风车村。

这里有十九架从 1740 年开始就屹立在这里的风车。

它们见惯了风雨生死,没什么能使它们停止转动,除非它们自己累了。

风车也会累的。

等风车累了的时候,无论风怎么催促,它们也不想再动了。

天空是深蓝色的,起风了,芦苇摇曳,风车转动声,水流声,木质楼梯呻吟声,令人忍不住想要闭上眼睛。

张小欠和刘嚣张此刻都安静了。
张小欠取出自己一直随身带着的那瓶酒,喝了一口,又递给刘嚣张。
刘嚣张接过来,豪饮一口,像极了一个正常人,哪有一点病人的样子?

一瓶酒见底。
两个人都微醺着,躺在草地上,看风车转,天空蓝。
刘嚣张说,风这么浪,天这么蓝,让人想飞。
张小欠说,那就飞啊。
刘嚣张哈哈大笑,看着老友,眼神无比清澈,脸上泛起了少年般的光。
两个人对望。
刘嚣张最后说,谢谢。
张小欠笑了,谢你妈。

刘大猛、胡瑶和张美琪坐在飞机上,看着窗外云朵聚散,三个人谁都说不出话,不知道在荷兰等待他们的,究竟是什么。

他们哭不出来,难过不起来,开心不起来,沉重不起来,放松不起来。

种种复杂的情绪,在心上凝结成雾气。

直到窗外云朵越来越厚,三个人同时福至心灵地看出去。

云朵中,张小欠和刘嚣张腾风而起,并肩飞行。

孩子们被震惊得说不出话,愣愣地看着窗外。

张小欠和刘嚣张贴近舷窗,看到了孩子们,对着他们微笑,挥手。

孩子们只剩下下意识的反应,回应他们,挥手,微笑,流泪。

张小欠和刘嚣张在孩子们的目送下,慢慢超越飞机的速度,消失在云雾深处。

孩子们在飞机上,眼泪汹涌。

张小欠和刘嚣张再一次钻出云朵,两个人已经恢复了年轻肉身,你追我赶,御风飞行,穿过风和云朵,和老鹰打招呼,接着化身为两只飞鸟,没入云层,消失在茫茫天际,只剩下风声和刘嚣张的诗句回荡——

你我抛却肉身

化身飞鸟

追云逐雾

为自由来去

等春天

交配完就死

人形玩偶

凤毛把该露的沟都露出来，妆容在她脸上形成一副假面，喜怒都被放大。她腰肢纤细，胸脯高耸，面对一小块长方形的屏幕，把自己当成向神献祭的祭品。

手机屏幕是一扇窗户，凤毛正在同时被几十万人观看。
为此，凤毛必须打起精神，她脸上涂着在自己看来近乎狰狞的高光，而经过滤镜过滤之后，凤毛鼻梁高耸，眼窝深陷，苹果肌饱满得像刚刚成年。

她对着手机镜头，唱俗气的歌曲，观看她直播的粉丝要求并不高，只要她嗓子经过修音之后变成了烟嗓，无论她唱什么样的歌曲，都有人打赏。
跳舞就更简单了，只要穿得少，只要扭动腰肢和屁股，只要一直有乳摇福利，甚至是一点点无伤大雅的走光。
对于漂亮女孩来说，身体的任何一个好看的部位都能成为通行证,哪里好看她们就展示哪里。

从窗户外看进去,凤毛的房间白高亮的灯光照得如同白昼,她的眼睛、鼻孔和肚脐眼儿,一同注视着手机里那些化身为用户名和弹幕的无聊人们。

他们用弹幕向凤毛提出各种常见或者古怪的要求,肆无忌惮地调戏着她。

有人甚至要求凤毛在地板上尿出一幅皮卡丘。

凤毛早已经过了和粉丝生气的阶段。他们是为了消遣,她是为了钱,大家各取所需罢了。

在凤毛眼里,她的粉丝们只是符号,一串又一串可以给她带来收入的符号,他们躲在二进制的数字背后,可能是臃肿肥胖的失败者,抑或丧妻的鳏夫。他们坐在沙发上,袒露着耸起来的大肚子,抚摸着自己不争气的猥琐下体,妄图在她身上找到一切可能的乐趣。

凤毛说不出"人躲在人性背后"这样的话,但是凤毛知道,每个人看起来和实际上完全是两个人。每个人都有点见不得人的想法。

凤毛要抓住这一点,刺激她的观众,把这种刺激变成粉丝数,变成他们慷慨的打赏,足以让她永远远离那个折磨着她的小镇的打赏,并且过上不必为了买不起化妆品而犯愁的生活。

为了逃离家乡，凤毛打过裸条，为了三千块钱对着手机裸露自己很少见到阳光的乳房，未及修剪如杂草一般疯长的阴毛，甚至自认为已不再干净的阴道。逃离家乡的欲望，和对钱的渴望，让她甚至忘记了羞耻。

出卖尊严，恰恰是为了活得有尊严。

她按照放贷人的要求，拍了一条三分钟的视频，拍完之后，她自己看了一遍。

镜头里的少女，眼神迷茫，脸上的青春痘还没有成熟，一如她羞于见人的乳头。

她手持自己刚拿到没多久的二代身份证，对着镜头说出自己的名字、籍贯，以及自愿承担不能及时还款而带来的一切后果。

她不知道这条视频会在成人网站上被多少人看到。

无知使她不在乎。

家乡的一切都使她厌恶，包括她的父母。

凤毛的妈妈在凤毛十岁的时候，离家出走，传闻跟镇上贩卖太阳能的小杨远走高飞。

有意思的是，凤毛在妈妈要走那天，在公路边遇到了她。

凤毛看着自己的妈妈正要登上一辆脏兮兮的面包车。

凤毛本能地察觉到妈妈带着比她还要大的行李，一定是要去她可能永远找不到的地方。

凤毛在车门还没有关上的时候，扯住了妈妈的衣服，哭喊着问，妈妈你去哪儿？

凤毛妈妈一时间不知所措，直到司机小杨猛按喇叭，呵斥她，你要不然留下来和瘸子一起过，要不现在就跟我走。

凤毛妈妈如梦方醒，她看着哭闹的凤毛一瞬间觉得厌烦无比，这个丫头和她瘸子爹一样，都在消磨她为数不多的青春。

她发了狠，一把把凤毛推下车，凤毛就地滚了两圈，再爬起来的时候，面包车车门已经狠狠关上，扬长而去。

面包车扬起的尘土带着泥沙俱下的味道，凤毛拔腿就跑，希望追上妈妈，等到面包车消失在一片扬尘里，凤毛摔到地上，双膝磕出了两个印章似的瘀青。她甚至忘了哭，只是呆呆地看着扬尘慢慢归于平静，她嗅到那股尘土里有被抛弃的苦味。

瘸子父亲知道凤毛妈妈和别人私奔以后，打碎了家里为数不多的家具。

他这才发现，凤毛妈妈除了带走自己，还把家里本就不宽裕的存款也席卷一空，用来维持她和另一个男人在未知之地的幸福生活。

瘸子父亲砸完东西之后，把家里的白酒全喝光了，整个人醉成一摊泥。

一天没吃饭的凤毛，只好从废墟里翻出两个冷馒头，就着暖壶里带着水垢的温水，熬过了母亲私奔后的第一天。

等凤毛有了一点点微不足道的发育，因过度饮酒而瘸得更厉害的父亲，在夜里带着浓烈的酒气倒在凤毛身边，用不合情理的姿势抱着凤毛，贴紧她，开始撕扯凤毛的衣服。凤毛终于醒来，她愕然不解父亲对她做的一切，只是在懵懵懂懂中本能地反抗，把父亲的一根指头咬出血来。

父亲终于像一头野兽一样爆发了，给了凤毛一个响亮的巴掌，失控地叫骂，你和你妈一样，都是贱货，都想坑我的钱，最后都会丢下我，去找别的男人！婊子，都是婊子！我一直做亏本的生意，今天我就让自己赚一次。

凤毛所有的体力都在挣扎中消失殆尽。她像一条被灌醉的鱼，任由一双手把她扔在砧板上，褪她的鱼鳞，清理她的内脏，获取她肮脏的血污和鲜美的嫩肉。

恐惧和疼都不及绝望让她痛苦。

她觉得自己不干净，怎么洗也洗不干净。她在漂满水草和垃圾的河水里奋力清洗自己，却总能从身上闻到父亲的酒气。

她吐了，她拉肚子，她几近虚脱，她赤着身子躺在水边，吐出清水状的胃液，跟一条濒死的鱼没什么两样。

扬尘的味道，和在父亲肮脏的胃和食道里发酵过的酒气，就是她对家乡最难忘的印象。

为了离开这里,她想过考大学。

可惜,跌跌撞撞地上完初中之后,父亲就不再给她学费,而是让她去手套厂给针织手套涂上饱含二甲苯等剧毒物质的黄胶。

她年纪太小,无力左右命运的捉弄,甚至主动取悦父亲,但最终还是没有筹到学费。她只能认命。

在手套厂里挣的工资悉数被父亲拿走。父亲说,这是我养大你花的钱,你欠我的。

终于等到十八岁,她想要离开这里,攒了钱偷偷买了人生中第一部手机。

手机给了她快乐,给了她希望。

她发现只要拍一组视频,打一个裸条,就可以拿到三千块的巨款,她几乎没有犹豫。

手机此时就是她的神祇。

那些慷慨地给她三千块钱的人,无异于耶稣和佛祖。

视频里的她,迷茫胜过淫荡,狂喜胜过羞耻,这是她的通行证,只要离开这里,像母亲离开父亲一样,离开这个肮脏的地方,去晚上也亮着五颜六色灯光的大城市,那里充满千百万个绝望,却也有一个希望。

希望这种东西,有一个就够了。

在大城市,她做过洗碗工,睡过地下室,后来在一家名叫"海天堂"的按摩店成了一名按摩技师。

昼伏夜出,长久不见太阳,让她皮肤苍白,反而有了一种古怪的好看。

客人喜欢点她,她的号码是91号。

91号手劲大,肯下力气,手法好,客人坚持不了多久就要加钟。

这里不提供最后一步的服务。姑娘们只使用润滑油和她们的双手,低廉的价格,让前来寻欢的民工,好奇的年轻人,老弱不堪的老头,获得众生平等的快乐。

凤毛有时候看到客人脸上满足的表情,一瞬间甚至不那么厌恶男人这种生物了,对那根时而硬邦邦时而软绵绵的东西也不再愤恨。她只是觉得他们可怜,要花这种钱才能获得一点点微不足道的快乐。

凤毛一直觉得自己不干净。

但这里的规矩也不允许她用这种不干净赚多余的钱。

凤毛最快乐的日子,就是没有客人的时候,在手机上看视频,她喜欢的歌手唱歌一般般，但在综艺节目上浑身都是戏。她常常一个人对着手机笑出声来，跟其他的技师姑娘宣称这个歌手是她男朋友。

等到歌手被曝出轨，被共患难的前女友接二连三地手撕之后，凤毛对他也失去了兴趣，转而喜欢那些看起来和她性别没什么区别的男性小鲜肉。

这一切都是手机给她的。
她对别的东西没什么欲望，但总是要换最新款的手机。

有一天，她无意中进入了一个直播软件。
她惊讶地发现许多女孩子在里面进行花样繁多的直播。
瘦削的女孩可以对着镜头在一小时之内吃下六十根大香肠。
浓妆艳抹穿着清凉的小姑娘直播自己如何在街头搭讪小哥哥。
美妆博主用她叫不出名字的化妆品把半张脸化成无数个倾国倾城的美人。

凤毛像是看到了新的希望。
91号在按摩店里服务客人，只是一对一。
而凤毛要是像她们一样对着手机直播，她可以一对几十万。
手机再一次显示了它的神力。

凤毛告别91号，成为一个搞直播的女网红。

这是她新的身份。

她本想改一个更好听的名字，但直播间里的粉丝告诉她，凤毛好听，凤毛听起来很他妈骚。

凤毛倒无法把自己的名字和"骚"联系在一起，但她也没想到更好的名字。

凤毛试过很多直播的形式。

吃播，催吐，让她胃液反流，住了一个礼拜的医院。

化妆她完全不在行，常常把自己化成一个花脸怪。

做声优提供颅内高潮，她学不会那些恰到好处撩人又不违规的呻吟。

最终，她选择了唱歌和跳舞，修音器和滤镜可以帮助她。

她每个月挣得比以前多，遇到她不喜欢的粉丝，她甚至可以拉黑、禁言，这在以前她还是91号的时候是不可想象的。

经过一段好时光之后，她有了几十万粉丝。

可惜好景不长，操持同样行业的女孩越来越多，越来越漂亮，越来越大胆，年纪也越来越小。

她直播间里的数据开始下滑。

她恐慌起来，再这样下去，恐怕她很快就被打回原形，她没有家乡可以回去，她也不想再做91号。

她研究了几个月，看了许多主播的直播，最终她找到一个诀窍。
那就是刺激，递进的刺激。
只有越来越刺激，粉丝才会越来越多，打赏才会越来越慷慨。

她开始按照粉丝的要求直播，做几十万人的人形玩偶，只要打赏到一定程度，就可以远程控制凤毛。
她把自己的名字改成"你的凤毛"。

她应粉丝要求吃下三人剂量的减肥药，最终在马桶上完成了直播。
她在深夜烧烤摊抢夺陌生人刚上桌的烤串。
她趁着管理员巡视的间隙，闪现自己近乎透明的内衣。
她在空无一人的地铁上，突然蹲下来撒尿。
她在自己下体涂抹清凉油，手机里却只出现她的表情变化。
那是一场成功的直播，破了她的观看人数和打赏纪录。

手机是她同时出卖和获取尊严的地方。手机是她的朋友，是她的银行，是她在俗世唯一的出口。

不直播的时候，她喜欢撸猫，收藏一切和猫有关的动图。

她养了一只母猫,取名叫"麟角",凤毛麟角相依为命。

凤毛对麟角说,我们都是稀有动物。

新的一天开始,凤毛化好妆,喂了猫,踩着高跟鞋,脚步轻盈地出了门。

她从车行里,提出一辆红色跑车。

虽然接下来每个月都要面对高昂的车贷,但是凤毛莫名兴奋。

这是她的第一辆车,她靠自己赚到的。

有了这辆红色跑车,再也没有人能阻拦她,她想去哪里就去哪里,她想飞就飞,她可以到达人间天上的任何一个地方。

要是有什么挡在她车前面,无论是惊慌失措的兔子,随风飘荡的塑料袋,朝生暮死的飞虫,离群的傻鸟,她肮脏的瘸腿父亲,还是弃她而去不知最终死在哪里的母亲,她都会加速撞过去,把油门踩到底,撞过去。

她要把这个好消息告诉手机,她最好的也是唯一的朋友。

她要直播给她的粉丝看,让他们都看看自己的励志故事。

她踩着油门,听着呼啸的风声,看着两侧倒退的风景,毫无目的地沿着主干道狂奔。

中间她加了六次油,住了好几次酒店,她直冲着一个方向开,却不知道要开向哪里。

但这都不重要,她觉得自己无法停下来,一直往前开吧。

粉丝们打赏她,鼓励她——

凤毛,就这样开下去,开到世界尽头,把这辆红色跑车开到极限公里数,然后我们众筹给你再买一辆。

凤毛,你是偶像,是我们美甲师、厂妹、月薪三千小镇姑娘的偶像。

凤毛,你做到了我想过却不敢做的事情。就这样一直开下去吧,你会证明地球是圆的。

凤毛,我爱你,为了给你打赏我和老婆离婚了,我动用了公款,他们很快就要来抓我了,但我不后悔,就算我死了,我的一部分已经在你身上得以永生。

凤毛,凤毛,你就是我的新神,你是夜航的灯塔,你是亘古长夜里唯一的光。

凤毛,把你出汗的内衣寄给我吧,出多少钱我都愿意,那些衣服贴近过你的灵魂,它们也能给我同样的力量。

凤毛,我出一百万,你经过我的城市,跟我睡一觉吧。大师告诉我,你这样的女子是补药,大补药。

凤毛在极限的速度里,忘掉了自己脚下的油门,忘掉了自己酸疼的双腿和屁股,忘记了手机屏幕里那些千篇一律的弹幕,那些朝拜她的信徒，忘记了那些早已经蹿升到骇人数字的打赏。

　　她只想着往前开，快一点，再快一点，快到飞起来，飞向月亮，飞向宇宙，飞向茫然未知，飞向一切陌生的地方……

极简人间喜剧

阿鼻在北京漂泊六年，学电影，回到家三十一岁，一事无成。

最后一次扛摄影机，是在一个名叫《寻根大太监》的网大剧组里。

网大拍了一半，老板卷款跑了，剧组一哄而散，大家抢了剧组所有东西。

阿鼻趁乱扛着一个摄影机回了家，物尽其用，在洗马镇做婚礼跟拍，见证新人们千篇一律的幸福。

阿鼻只要一站在摄影机后面，胸中的创作欲望就如同酒后中年男人的睾丸一样肿起来，淤积于内，不得不发乎于外。

阿鼻开始运镜，透过前景，拍摄新娘的局部，镶钻的指甲，脖颈上的痣，腋窝里没刮干净的毛。

拍摄新郎的嘴巴、鼻子、眼睛，以及五官组合出来的微妙表情，陷入婚姻的男人，脸上的表情像亚马孙原始丛林一样阴晴不定，不知道什么时候就有猛禽恶兽蹿出来。

阿鼻拍到了两个自称新郎发小的男人，把新郎扒光了绑在路口的电线杆子上，在新郎身上挂满香蕉，要求新郎扮演一棵香蕉树。

不多时，新娘就被簇拥而来，手被绑住，跪在地上，徒嘴剥开香蕉树上所有的香蕉皮。

阿鼻安静地做好一个记录者，因为拍摄之前，阿鼻得到双方家属的指示，婚礼上发生的一切都是本地风俗，无论是谁，都不能干预。

阿鼻得以拍摄这个镜头，甚至致敬了《不可撤销》里那场长达十三分钟的强暴戏。

等到新郎终于重获自由，又要抱着新娘穿过一片由爆炸红爆竹组成的烟尘，寓意婚后生活红红火火。

阿鼻架起摄影机，摄影机代替他的眼睛，看着镇民们欢呼着把两卡车爆竹疾风骤雨般丢进烟雾，新郎抱着新娘在烟雾中被炸得大呼小叫，新娘带着哭腔，新郎的叫骂声不绝于耳，震耳欲聋的烟雾淹没了他们。

等到一对璧人终于钻出烟雾，重新出现在摄影机里，两个人脸色已经焦黑，西装和婚纱被烧得残缺不全，新娘的头发和眉毛都有损失，新郎为此丢掉了一颗门牙，含着一嘴血，脸上还要强颜欢笑。

镇民们脸色通红，异常兴奋，不论谁家里结婚，洗马镇都跟着高兴。从这方面来说,镇上的婚礼和葬礼没什么区别,都是全镇人的狂欢。

接下来,可怜的新郎又被泼上一身红到近乎邪性的油漆,凶手来自他的表哥。

作案原因是,当年表哥结婚,新郎用红油漆把表哥和表嫂泼成了一幅野兽派画家的画作。

新婚第一年,表哥和嫂子无论怎么洗澡,都无法洗掉身上的油漆味,油漆味从皮肤里跟着汗液蒸出来,从眼睛里和着眼泪流出来,从呼吸里跟着二氧化碳飘出来。等到表哥为了生孩子而努力的深夜,表嫂一声尖叫,表哥开了灯,发现自己要紧处喷射出浓稠红色汁液,如同在给一扇木门涂上红色油漆。

等到孩子生出来,产房里传出的油漆味,让人误以为手术室刚刚经历过一场廉价装修。

此后,婴孩大小便时都是红色液体,虽然不影响健康,但无处不在的油漆味折磨得全家人神经衰弱。

表哥发誓复仇,提前一年就开始全国各地选购理想的油漆,要求只有两个:

够红,味儿够大。

夜里睡不着，表哥就起来查看，喃喃自语，油漆不够红。

睡着了，梦里也呢喃，油漆不够红。

第二天晚上做红烧肉，切肉，菜刀剁裂手指，血滋出来，染到了猪肉上，怎么洗也洗不干净，扔了又觉得可惜，索性下了锅，用血液代替酱油，没想到当晚的红烧肉红得像加了苏丹红，全家人吃得热火朝天。

表哥灵机一动，在油漆桶里放了自己的鲜血，以至于因为失血过多晕倒在油漆桶旁边。

油漆终于红了。

新郎知道这身红色油漆跟份子钱本质上一致，有来有往，也不好发脾气。

只好从自己摩托车里倒出一桶汽油，冲进浴室洗澡换衣服，用汽油消解油漆的分子。

不料，贪便宜的假冒伪劣热水器打了火花儿。

婚礼现场，阿鼻和宾客们一起等候新郎重新出场，却等来一团火球，像是刚刚从地狱里请假上来。

众人都吓傻了，纷纷退散，火球里发出新郎沙哑的嘶吼，声音也被烧得噼里啪啦作响。

火球经过阿鼻，阿鼻下意识护住了摄影机，但火球还是烧掉了阿鼻的睫毛。

人们抄起灭火器,从四个方向扑过去,白色烟雾腾起之前,阿鼻把摄影机移了过去,记录下这恐怖的一幕。

火球被白色烟雾扑灭之后,只剩下一团冒着烟的焦炭,安静得像是在等待谁把他买走进行一场BBQ。

第二天,城里的新闻采用了阿鼻拍摄的画面,这是阿鼻的作品第一次登上荧屏。

阿鼻盯着新闻看了半天,一阵恍惚。

新郎的表哥已经被刑拘,一家人开始对簿公堂。

这场婚礼戛然而止,取而代之的,是新郎的葬礼。

新娘要求把结婚证换成离婚证之前,先把在城里买的婚房给她,否则就要在葬礼上闹。

新郎家人悲痛欲绝,拒绝了新娘的要求。

葬礼现场,新娘携全家赶来,和新郎全家大打出手。

阿鼻和他的摄影机都没有错过这个机会。

他看着人群打成一团,招魂幡成了武器,棺材盖儿成了盾牌,人群中扔出来铁锹、擀面杖和九节鞭,甚至一管年迈的土制猎枪。

整个洗马镇都参与了这场斗殴。

有人借此发泄对镇主任的不满,围攻了镇主任的小舅子,打断了他三根肋骨,他却完全没有看清楚凶手,只记得在人群中自己趁机摸了四个寡妇的屁股。

阿鼻惊异于婚礼和葬礼、红事儿和白事儿之间的间隔,似乎察觉到一点命运对于人类的嘲弄。

他一下子明白了为什么拉丁美洲那片光怪陆离的土地本身就是文学。

大师之所以成为大师,除了天赋,还依赖他生活的土地给他灵感给养。

阿鼻觉得自己也能成为大师。

一切都是时间问题。

阿鼻单方面向父母宣布自己能成为电影大师,并且要求父母能给予经济上的支持,换来父母一双冷眼。

父亲说,你折腾个啥,赶紧和金花结婚生孩子,让我们家传宗接代。

母亲附和,你老大不小了还不结婚,让我们在镇上抬不起头来,死之前活得不硬气。

阿鼻也急了,说,可这样我不快乐。

父母对望一眼,没明白"我不快乐"是什么意思。

父亲点了根烟,说了句,人没有快乐一样活,但不传宗接代就等于没活过。

阿鼻明白了,快乐这个东西,在洗马镇,不是必需品,没有猪肉和盐重要。

阿鼻如此往复地拍摄了十里八乡的六场婚礼之后,脸上渐渐丢失了笑容。

他完全忘记了怎么笑,也忘了笑起来是什么感觉。

有时候,他看见好笑的事情,想要笑,却完全忘记了怎么调动脸上的肌肉,怎么从口腔里挤出笑声。

他拥有的东西不多,他什么都不想丢掉。从小,连衣服标签、饼干盒子、饮料瓶,他都会精心保存,更何况是自己的笑呢?

他想要找回自己的笑容。

第一个想到的人是紫鹃。

紫鹃二十三岁嫁人,当年就生了孩子,生完孩之后,得了产后抑郁,总是板着一张脸,干什么都不快乐,家里没当回事儿,谁会把"不快乐"当成一种病呢?

时间一长,紫鹃病得越来越厉害,后来干脆疯了,脱光了衣服满大街跑。

家里人就发狂似的追。

紫鹃病后,光脚奔跑的能力,不亚于一只猎豹,即便是用相机照她,大多数时候,也只能照到一张模糊的白影。

紫鹃的丈夫带着儿子远走,离了婚。
紫鹃的病就更严重了。

后来父母只能趁着紫鹃在草垛里熟睡的时候,才能制服她,给她穿上衣服。

但紫鹃一穿衣服就喊疼,身体里就生出怪力,三五个人都控制不了她。

几年以后,紫鹃的父母年纪大了,跑不动了,一身病,就任由紫鹃在街上光着身子跑来跑去,也没有力气嫌丢人了。

无论寒暑,紫鹃都不穿衣服,却也从来不生病。

下雪天,街上空无一人,紫鹃脸上带着灿烂的笑容,在天地间跑,追无数雪花,找出最好看的一朵,给它取个小名,在它融化之前亲吻它。

紫鹃笑起来,脸上呈现出一个繁复华丽的几何图形,笑像一团火,一点一滴烧起来,在脸上烧出星辰,烧出日月,烧成一片拥有晚霞的天空，雪花争先恐后地拥到她脸上融化。

紫鹃的笑声回荡在北方冬天的荒凉里，笑声足以给一切苍白染上颜色。

紫鹃的笑声有重量，总是追不上紫鹃。

她人已经跑过，笑声却还留在原地的空气里，凭空划出透明光晕，以肉眼可见的速度，缓慢消失。

如果天气足够冷，笑声会冻结在空气里，有时候会混入雪花、炊烟、羊咩狗吠。

等混入的东西足够多，这团笑声就会跌落下来，变成大小不一的雪球，滚得到处都是。

如果有人恰好捡起来，带回家，放在炉边，雪球就会慢慢融化成笑声，飘散在空气里，一点也不失真，像紫鹃刚刚笑出来的一样。

一年四季，紫鹃的笑声总以不同形态回荡在洗马镇。

春天，笑声融入泉水，泉水流过石头时，笑声就不留神跑出来。

夏天，笑声躲进知了翅膀上，孩子们用面筋黏知了时，常常会得到一只大笑知了，用一个瓷碗扣起来，可以听知了笑一晚上。

秋天，笑声就凝结在叶子上，叶子飘落时，笑声也随之飘下来。

有一年，紫鹃的笑声突然消失了。

人们倒是没有在意。

但洗马镇的牛羊猪狗鸡鸭青蛙，一切能发出声音的活物，疯了一样,日夜不停地发出各种声响,声音太杂太乱,以至于镇民们交谈的时候,只能伸长脖子大声嘶吼,许多语言都被动物的声音吞没,人们交谈时常常丢失信息,闹出笑话。

紫鹃整整一年都没有再往外跑。
因为一次意外光临了她。

光着身子的紫鹃,肚子突然就大了起来。
镇民们一开始以为自己眼花,后来这话就传到了紫鹃父母耳朵里。
父母把睡熟的紫鹃用牛车拉回家,请来了张大夫,张大夫给出的结果让老两口恨不得钻进地缝。
张大夫说,紫鹃有了。

父母循循善诱,想要从紫鹃嘴里问出是谁干的。
紫鹃只是笑,说不出一个能听清的字。
老两口不想声张,心里暗暗咒骂那个连紫娟都不放过的混蛋不得好死。

半夜里,老两口偷偷去请了张大夫,给紫鹃灌了药。
没想到,药似乎不起作用,紫鹃的肚子更大了。
老两口埋怨张大夫医术不精,张大夫感觉自己的权威受到挑战,当即自己骑着摩托车，载着一筐药出现在紫鹃家里。

张大夫架起一口铁锅，日夜不停地熬制一味药，整个洗马镇都被药味笼罩。

第七天，一口井水熬成一碗药，给紫鹃灌下去。

紫鹃眼睛里、鼻孔里、耳朵里，都流出鲜血。整个人弹射而起，一溜烟跑了出去。

张大夫"哎呀"一声，跳上摩托车，载着老两口一路追。

紫鹃边跑边把身上的衣服脱掉，衣服覆盖过的地方都破了皮，露出血肉。

紫鹃一直和摩托车保持着距离，摩托车追不上她。

紫鹃跑着跑着，路上的流浪狗都跟了上来，很快就超越了摩托车，紧紧地跟在紫鹃身后。

紫鹃越跑越快，突然一跃而起，在半空中来了个一字马，一团黑影从紫鹃身体里掉落，跌在地上。

张大夫看得分明，那是一个没有发育完成的死胎，只有简单的人形，脸上一片混沌，口鼻眼睛都没有长出来。

流浪狗们一拥而上，叼着死胎追逐着四散而去。

紫鹃深藏在身体里的笑声再一次喷泉一般从喉咙里、眼睛里、耳朵里、鼻孔里、浑身上下的细胞里，喷涌而出。

那些动物的声音戛然而止，天地之间，只剩下紫鹃的笑声，比以前更大声,更动听。

紫鹃的父母承受不了这样的笑声,血压升上来,一阵晕眩,从摩托车上跌下来。

足足一个月,天空中仍旧不时有笑声掉下来,有时候是跟着一缕风,有时候是跟着一只鸟。

阿鼻很想知道紫鹃是怎么在丢掉笑容之后,又把它们找回来的。
他迫切需要这样的能力。
作为一个未来的电影大师,他不能丧失掉任何感官。

阿鼻在树林里的一棵老树上找到了紫鹃。
紫鹃几年前就不在家里住了,自从紫鹃诞下死胎之后,父母渐渐就忘记了自己还有个女儿。
有时候在路上看见紫鹃,竟然觉得一阵陌生。

紫鹃居住在树上,从一棵树,到另一棵树,和择木而栖的鸟类一样,和叶子一起,把从天而降的光柱编织成漂亮而细密的斜线。
阿鼻带着摄影机,在每一棵树下呼喊紫鹃的名字,最终在一棵半枯老树上找到了她。

紫鹃,你为什么总是笑?

紫鹃,你的笑丢了以后怎么找回来的?

回应阿鼻的却只有紫鹃抑扬顿挫的笑声。

阿鼻抬起头,看着紫鹃如猛禽一样,从一棵树飞向另一棵树,经过光柱组成的琴弦,伴随着紫鹃的笑声,奏出交响乐。

阿鼻没有从紫鹃这里得到答案。

紫鹃脸上的笑容和笑声,仍旧神秘难测。

但紫鹃还是启发了他。

紫鹃不愿意穿衣服,不愿意被铁笼和人们的目光关起来,选择居住在大树上,做一个赤裸精灵,这是她所期待的生活。

人要是过上了自己期待的生活,总不会难受到哪里去。

阿鼻决定了,即便是死,他也不能放弃拍电影的梦想。

阿鼻把自己的想法告诉了父母。

父母对望一眼,分别抄起了扫把和擀面杖。

父亲用擀面杖指着阿鼻,语重心长地说,和在服装厂工作的韩金花结婚,让我们抱孙子。

结婚生子嘛,刚需,不管世道好不好,人总要结婚生子的。

男人和女人到了年纪不结婚,那就是有病啊。

不结婚的人,不配活着。

阿鼻捂住流血的口鼻，从家里跑出来，指望父母理解自己，那是痴心妄想。

不怪他们。

他们的眼睛被挡在了洗马镇。

这是他们的不幸。

阿鼻不想这样过完一生。

阿鼻和韩金花造爱六次以后，开了口，你这几年攒了几个钱？

韩金花不疑有诈，就顺口说，五六万吧。

阿鼻心里盘算着，擅自把金额加到了自己的电影投资里。

借我吧，借我拍电影，我再给你来三次。

韩金花不屑，三次，你行吗？

阿鼻冷笑，蒂姆·波顿，詹姆斯·卡梅隆，斯皮尔伯格，马丁·斯科塞斯，库布里克，昆汀，诺兰，都会给我力量。

韩金花眨着眼睛，谁谁谁啊。

阿鼻已经扑上来。

当晚，床塌了。

阿鼻成功地在电影投资里增加了五万块。

现在阿鼻有六万块了。

不够，远远不够，电影嘛，毕竟是个烧钱的玩意儿。

梦想就像一口总也烧不开的锅。

阿鼻开始琢磨，还有哪里可以搞到钱，搞到他梦想的柴火。

他开始打父母的主意。

比起喜事，洗马镇的老人更重视丧事。

家家户户的老人，在过了五十岁之后，就会给自己准备上好的棺木，以及足够办一场体面葬礼的棺材本。

从今年九月一号开始，国家丧葬改革，全面取消土葬，改为火葬。

现在这把火眼看着就要烧到洗马镇了。

这让许多老人忧心忡忡，每天烧香拜佛，祈求佛祖菩萨，让自己死在丧葬改革正式执行之前，躺进上好的棺木，入土为安。

阿鼻知道，父母有一笔棺材本，就藏在父亲为自己准备的棺材里。

棺木里有个夹层，父母把一切想带走的东西都藏在里面。

这个秘密父母从来没有对任何人提起过，但两个人说起来的时候，被阿鼻听了个正着。

阿鼻觉得父母身体健康，小病小灾都没有，死还早着呢。

再说了，死也不着急，梦想比死着急。

不如用这笔死的钱赞助阿鼻活的梦想。

等阿鼻把电影拍出来，成为大师，再加倍还给父母，买阴沉木的棺椁，尸身还不腐呢。

阿鼻打定主意。

但这事儿吧，不能跟父母直说。

直说了自己挨顿揍不说，再把父母气出病来，实在不孝。

偷也不行，老两口晚上睡不着的时候，习惯躺在两个并排的棺材里聊天，查看自己的棺材本和要带走的陪葬品。

阿鼻为这件事想破了脑袋，一无所获。

刚拍完一场婚礼，回家点钱的时候，发现了一张假币。

阿鼻骂了一句，拿起来对着灯光仔细看，我去，以假乱真，除了水印做得不像，其他都跟真的一样。

阿鼻打算出去找那人算账，突然就灵机一动，笑了。

这是上天给我的启发啊。

阿鼻把父母的棺材本换成了等额假钞。

这下阿鼻有十万了。

阿鼻一天一天接近梦想。

可自从阿鼻把棺材本换成假钞之后，父亲便开始失眠。

张大夫给开了几服药都不管用。

仔细问，父亲才开口，说家里进了不干净的东西，邪祟，是个婴孩般的黑影，总是背对着他，手忙脚乱地鼓捣着什么，舀水的时候就出现在水缸里,烧火的时候就出现在灶台里,蹲坑的时候就出现在厕所里。

阿鼻听完,莫名其妙。

父亲再三和母亲确认,母亲却一口咬定,根本没什么邪祟。

但父亲要求整夜开着灯,无法入眠,一直坐到天亮。

身子一天天瘦下来。

无奈之下,在母亲的强烈要求下,阿鼻只好托人找来跳大神的李婶。

李婶在阿鼻家里日夜作法,焚烧黄纸符咒,到处撒硫黄粉,嘴里念念有词,阿鼻觉得有趣。摄影机一直开着,透过摄影机,李婶真的像个神仙。

父亲问李婶,不会是个旱魃吧。

李婶瞪了父亲一眼,什么旱魃?旱魃喜欢住在坟地里,跑你家里干吗。再说,这几年雨水大了去了,哪来的旱魃?

父亲不敢再说话。

折腾了五六天,李婶因为声嘶力竭地吟唱咒语,哮喘发作,整个人抽得像一台鼓风机。

家人来接李婶,来不及脱掉那身跳大神的制服。

李婶的儿子不无惋惜地对阿鼻说,这就是泄露天机了,我妈这是用命给乡亲们解决问题,你看这……

阿鼻无奈之下,又多给了李婶两百块钱。

李婶最后用尽全力,留下一句话,来家里的东西,不是邪祟,是个家仙儿,不害人。

阿鼻和母亲都松了一口气。

但父亲仍旧心事重重。

父亲晚上还是睡不着,只好点了一个灯笼,自行躺在棺材里,才能平静一些。

父亲试着给自己盖上棺材盖,睡意突如其来,父亲开始打鼾,直到听见有什么东西在棺材盖上蹦蹦跳跳。

父亲还以为自己是在做梦,不厌其烦,推开棺材盖,坐起身来看,果不其然,那个小东西背对着父亲蹦跶。

父亲再也忍受不了,怒火中烧,破口大骂,你到底要干什么!

那个小东西突然停止了跳动,身上有丝丝黑气冒出来,渐渐被黑气笼罩。

父亲盯着看,小东西缓缓转过身来,周身黑气散去,露出本来面貌——

是个婴孩,胖胖的小手小脚,手指和脚趾都没有分开,脸上没有口鼻眼睛,只有一片混沌。

可父亲还是觉得婴孩盯着他看,声音不知道从哪里发出来,稚嫩地叫了父亲一声,爹。

父亲浑身都没了力气。

婴孩逼近父亲，继续说话，爹，你给我眼睛，给我鼻子，给我嘴巴，给我耳朵……

父亲脑子里一片轰鸣，你……你是紫鹃的孩子……

婴孩就站在父亲眼前，不再动弹。

父亲突然害怕了，无边的恐惧幻化成黑气，笼罩着父亲。

父亲探身，把夹层里的钞票一股脑拿出来，捧着递给婴孩，这些钱，我烧给你，全烧给你。你别找我了，别找我了。

婴孩不为所动，我不要假钱，我要眼睛、鼻子、嘴巴、耳朵……

假钱？

父亲呆住，拿起钞票对着灯笼仔细看，脸色越来越差，假的，假的，全是假的。你把我的棺材本变成了假钱。

父亲脑子里不知道哪一根弦猛地挣断，似乎有什么东西轻飘飘地离开了父亲。

他躺倒在棺材里，眼睛里一片混沌。

第二天，阿鼻和母亲发现父亲的时候，父亲已经僵硬了。

钞票散落了一棺材。

阿鼻傻了眼，心中一个念头轰然升起：我……我气死了父亲。

阿鼻盯着那些假币，脸上肌肉抖动，一句话也说不出来。

母亲却出奇地平静。

她只是叹了口气,说了句,先吃早饭吧。

吃完早饭,母亲翻看着皇历,告诉阿鼻,我跟你商量个事儿。

阿鼻还没有从气死父亲的内疚中缓过神来,抬起头,懵懵懂懂地看着母亲。

母亲说,我查了,今天是个好日子,死在今天,挺好。你爹走了,我呢,也想着跟他一起走。一来呢,丧事一块儿办,一只羊养着,一群羊赶着,一起办,热闹。二来,眼看着政府不让土葬,要火葬,我不想挨烧,我怕火。现在死,正正好好。

阿鼻这才反应过来,头都大了,妈,你别闹了,我爹才刚走,你就别跟着添乱了。我现在先去找秦大爷,看看丧事怎么办。

阿鼻起身走出去,外面阳光猛烈,阿鼻一路浑浑噩噩地盯着自己的影子。

等阿鼻领着秦大爷一干人等回来,就看见母亲也穿戴得整整齐齐,躺在棺材里,一摸,也已经僵硬了。

阿鼻晕了过去。

电影拍不成了,阿鼻把自己的电影投资款,都拿出来,要给父母操办一场体面的葬礼。

鼓乐队,唱大戏,放鞭炮,七天七夜流水席,一样都不能少。

甚至让扎纸匠扎了一座皇宫,宫女太监各一百,让老两口去那边享福。

阿鼻的摄影机默默记录着一切。

下葬那天,全镇人都来围观。

有老人哀叹着羡慕,死得真是时候,现在死就能赶上最后一波土葬了。羡慕,真羡慕啊。

唯独对披麻戴孝的阿鼻不满,他总是扛着那个本来是拍喜事的黑家伙,逮着什么拍什么,白事也拍,以后谁还敢让他拍喜事。

阿鼻偷父母棺材本,把父母活活气死的事情,也不胫而走,镇上小孩子都知道,阿鼻经过的时候,就对着阿鼻吐唾沫。

冷眼像冰雹,砸得阿鼻骨头缝里冷。

办完丧事,韩金花找阿鼻要钱。

阿鼻说,钱算我借的。

韩金花说不行,这钱是不是给你爸妈办了丧事了?

阿鼻只好点头。

韩金花冷笑,你用我的钱拍电影可以,那叫追求梦想,我支持。但你用我的钱给你父母办丧事,这不行。钱,你一分不少地还给我。

阿鼻连续几天没有睡觉,头疼得厉害,说了浑话,让韩金花滚。

韩金花滚了。

再滚回来的时候,韩金花带着她的兄弟,兄弟带着猪朋狗友。

在灵堂里,当着阿鼻父母的遗照,在摄影机面前,狠狠地揍了阿鼻一顿。

阿鼻眼前的拳脚,如同千军万马。

随即就倒在地上,爬不起来,耳朵里一直有透明的液体流出来,无色无味,不知道是什么。

韩金花当场宣布,咱俩完了,钱你必须还,你要是不还,我就让我兄弟找你。

韩金花扬长而去。

阿鼻两只耳朵里的液体往外流,怎么止也止不住,阿鼻索性找来两团棉花堵住耳朵。

阿鼻被揍得看东西有重影,有时候是黑白的,有时候又变成了剧烈的彩色,有时候明,有时候暗。

阿鼻甚至看不清路。

他不得不借助于摄影机。

奇怪的是,透过摄影机看出去,一切似乎正常了一些。

摄影机成了阿鼻的眼睛。

阿鼻去了镇上的医院，医生说，脑震荡。

医药费掏空了阿鼻最后的积蓄。

他走出医院，用摄影机抬头看天，一朵云不知道怎么就砸下来，棉花一样，雪团子一样，就在阿鼻面前，慢慢化成了一摊雾气。

阿鼻苦笑，原来云这玩意儿也能从天上掉下来。

阿鼻蹲在医院门口吃盒饭，眼前的光突然被挡住。

阿鼻从摄影机里看出去，一个戴眼镜的灰西装，正在笑吟吟地看着他。

阿鼻说，你走开，你挡住我的光了。

灰西装说，兄弟，是不是需要钱？

阿鼻不耐烦，高利贷我不借。

灰西装笑得特别耐心，不是高利贷，我给你送钱。

阿鼻一呆，摄影机对准他，太阳恰好升到合适的位置，就落在灰西装脑袋上，给灰西装镀了一层金光，像佛祖。

一颗肾二十万。

阿鼻有两颗。

卖掉一颗，剩下的一颗还能用。

阿鼻心想，为什么人要有两颗肾？

那就是老天爷给人的棺材本。

自从生下来那天，棺材本就准备好了，足够一个人死两次。

老天爷真是挺厚道。

阿鼻挣扎着，扛着摄影机去了韩金花工作的服装厂，把五万块钱甩在韩金花面前。

韩金花吃了一惊，你哪儿来的钱？不干净我可不要。

阿鼻冷笑，掀开衣服展示了自己肾脏位置刚刚缝合好堪称狰狞的疤痕。

看到了吧，我自己挣的钱，比我在北京这些年挣得都多。

韩金花看呆了，你……

阿鼻看了韩金花一眼，我会成为电影大师的，早晚的事儿。

韩金花一句话也说不出来。

阿鼻顿了顿，看着韩金花，突然又说，金花，咱俩好了一场，我有一个请求。

什么？

你几点下班？

服装厂旁边的小旅馆里，阿鼻架起摄影机，调整好焦距。

韩金花赤裸着照镜子，端详自己，哀叹，我最近皮肤不好，身上的痣太多，还有赘肉，早知道我就应该先减减肥。

阿鼻再三确认，你确定让我拍？

韩金花看着摄影机，笑着说，阿鼻，我不瞒你，当初我跟你好，看中的就是你这个黑家伙。它就像个招魂的东西，它能让一个人变成另外一个人，站在它面前，我就不只是我了。

阿鼻吃了一惊，你这话有点深刻，但一时半会儿我又不知道深刻在哪里。

韩金花说，这不重要，你找到最好的角度，把我拍得好看一点。我本来就想当明星，想演女主角，今天是我圆梦的好日子。我当女主角，你当男主角，你不是想测试测试你剩下的这颗肾够不够用吗？

韩金花是典型的北方姑娘，骨架巨大，尤其是胯骨，总让阿鼻联想到博物馆的恐龙骨架。多年服装厂踩机车让她下肢发达，浑身上下的肉质粗糙又结实。

但韩金花四肢并不灵活，此前想要把她组成某个姿势很不容易。

不过，在摄影机的注视下，韩金花像换了一个人，她骑在阿鼻的腰腹上，下巴与耻骨呼应，头发、眉毛、睫毛、阴毛燃烧成小撮火焰，眼睛、鼻孔和肚脐眼都注视着阿鼻。

失去了摄影机，阿鼻只能用脑震荡后近乎失灵的双眼看着韩金花。

在阿鼻眼里，韩金花就像一个开始有丝分裂的细胞，一个韩金花，两个韩金花，三个韩金花，无数个韩金花用无数具肉体和灵魂裹挟着他，侵蚀他，融化他。

阿鼻觉得自己身体里仅剩下的一颗肾脏正在卖力地工作，就像一个大功率的发动机，滚烫着发出轰鸣声。

他确定自己剩下的这一颗肾脏，两颗睾丸，仍旧最大限度地保留了他的欲望。

只要欲望还在，他的创作激情就在。

韩金花最后要求阿鼻，给她拍一张照片。

韩金花双腿打开，夹住摄影机，摄影机像个入侵者，失去了焦距，拍出来一团模糊的红晕，像晚霞，像半死的鲜花，像癌细胞，像一个妖娆而又莫可名状的春梦。

阿鼻觉得伤心。

韩金花最爱的竟然是这台摄影机。

不过阿鼻很快就恢复过来，阿鼻和摄影机本来就是一体，不管韩金花爱阿鼻，还是爱摄影机，又有什么分别。

阿鼻高估了自己。

他把自己关在家里一个多月，空白的文档上却没有一个字。

他想要写一个剧本表达些什么，可是又不知道具体要表达什么。

穷极无聊，他逐一翻看这些年他用摄影机记录下来的素材，熬得双目通红，突然间他有了一个绝妙的想法。

阿鼻意识到，他自己的遭遇就是一部电影啊。

这部电影里，有许多主角：

在北京混了四年的阿鼻，只带回来一台摄影机，在洗马镇做了婚礼跟拍，一心想拍一部大电影，不惜骗取未婚女友的存款，动用父母的棺材本，在同一天失去了双亲。

新婚第一天的幸福新郎，因为当年在表哥婚礼上泼了表哥夫妇一身油漆，而遭到表哥报复，在用汽油清洗身上油漆的时候，山寨热水器打火，把他烧成了一个火球，从婚礼走向葬礼只用了不到一天。

产后抑郁，遭到丈夫和父母抛弃的女孩紫鹃，从此不再穿衣服，不再开口说话，只有笑声回荡在整个洗马镇，却再一次怀了不知道是谁的孩子，最终父母为了颜面，给她灌了堕胎药，让她诞下一个没有面目的死婴。

想要成为明星的服装厂打工妹韩金花，终于如愿以偿地在摄影机前，展示了自己并不那么美好的身体，她由衷地感到喜悦。

被家中邪祟吓死的父亲，赶在取消土葬之前自杀的母亲……

他们都是电影的主角。

阿鼻把这部电影叫作《人间喜剧》，英文名：The Human Comedy。

阿鼻拿出卖肾的钱，找人设计了海报，调色，配乐，做后期。

《人间喜剧》定剪，送到了电影节。

阿鼻很快就接到了组委会的电话。

《人间喜剧》作为电影节开幕影片，引起了轰动。

影评人不吝溢美之词：

"一部划时代的电影。"

"真正属于中国的魔幻现实主义。"

"结构与解构，粗粝的表现主义，举重若轻，大事小说，令人动容。"

"大师之作！结尾稍显仓促，缺少一个饱含力量的句号。但瑕不掩瑜！"

"时代的幸运，一起见证大师的诞生吧！"

组委会给了《人间喜剧》特别大奖，邀请阿鼻前来领奖。

阿鼻找出自己好久不穿的黑西装，扛起摄影机，徒步往洗马镇后面的公路走去。

那天，在镇政府工作人员的带领下，洗马镇所有老人为自己准备的棺材被集中在镇后广阔的荒地里。

不同木材的棺木错落有致地摞了起来，组成一个奇特的几何形状，镇民和老人们围作一团，表情复杂。

电视台的记者也来了，在四周架起了摄影机。

书记宣布了丧葬改革的指示，大力宣传火葬。

阿鼻经过这里，本能地察觉到这是个很好的画面，当即就停下来，拍了一会儿。

直到手机响起，阿鼻叫的车已经快到了，这才扛着摄影机，依依不舍地往公路上走。

阿鼻站在路边等车，心中想了许多事情，尤其想念韩金花，以后我要让她再演一次主角——

这时候，一辆红色超跑裹挟风声飞奔而至，车头一歪，撞向了阿鼻。

阿鼻扛着摄影机腾空而起，慢慢失重，摄影机俯视，阿鼻看见红色超跑撞在树上冒着烟，女司机化着浓妆，脑袋以一个古怪的姿势歪在一边，看不出表情，但手机里仍旧在直播，直播间里弹幕横飞，断裂的树干穿胸而过，手机上是一个直播画面，弹幕纷飞。

阿鼻继续升空，广阔荒地上，层层叠叠的棺材被汽油点燃，熊熊大火烧起来，噼里啪啦，发出木材燃烧的奇妙香味，烟尘滚滚，像原子弹爆炸。

火光中，头发花白的老人们，捶胸顿足地哭倒一片。

阿鼻继续升高，看到了母亲和死去多年的姐妹们围拢在一起搓麻将。

父亲正坐在坟头，拿着一根毛笔，给没有面目的婴孩画上眼睛、鼻子和嘴巴。

阿鼻越升越高，他又看见了穿梭在树冠与树冠之间，赤裸如精灵的紫鹃，笑声组成声波，由远及近地传了过来，钻进了阿鼻的耳朵。

阿鼻突然就明白了，紫鹃到底在笑什么。

她在嘲笑命运，嘲笑生活。

阿鼻觉得自己脸上的肌肉抽动，不自觉地就组成了一个弧度，直到声带颤动，笑声从口腔里跳出来，阿鼻才恍然，我终于找回我的笑了。

阿鼻纵声狂笑，再也无法停下来，笑声把云朵也惊散了，云朵纷纷坠落下去，化成雾气，又化成雨滴。

大雨瓢泼，洗洗这人间。

阿鼻心里特别快乐，大声自言自语，这他妈真是个好结尾啊。

你休要怀疑

玛利亚

老李头梆子唱得好。

不然也当不上洗马镇的神父。

农闲，天气好的时候，老李头就站在洗马镇毗邻的山顶上，扯开嗓子，唱起来——

约瑟公，你坐下，听俺说说知心话。约瑟公，咱都坐下，咱们随便拉一拉。木匠你成亲后，娶的就是玛利亚。她没过门就怀孕，知道你心里有牵挂。孩儿他爹竟是谁，你每天每夜睡不下……

洗马镇里的人只知道老李头信耶稣，并且希望很多人跟他一起信耶稣。

信耶稣好不好，谁也说不清楚。

但老李头的嗓子确实亮，唱起来连镇子最靠后头的聋阿叔都能听见。

有人打着手势问聋阿叔,怎么能听见老李头唱梆子呢?

聋阿叔比画说,老李头唱的曲儿不从耳朵里进,从他眼睛里进,嘴巴里进,唱得动情又好听,老李头的嗓子不简单,被耶稣开过光。

瘦鸟干活的时候,最喜欢听老李头唱梆子。

他总是边听边傻笑,用笑声给老李头伴奏。

这时候,瘦鸟的工友们也都竖起耳朵听着两个人唱和。

瘦鸟为了天天有可口可乐喝,从几百里之外来到这里。

许诺天天给瘦鸟可口可乐喝的人是主任,也是洗马镇手套厂的老板,一百二十亩地的承包人,养鸡场和养猪场的总经理。

主任家里的活儿总是干不完。

洗马镇留守的那些还有劳动能力的中老年人,或多或少都在主任家里有一项差事,就算是七十五岁的刘老太,也在主任家里,照顾他小儿麻痹的儿子。

但渐渐地,洗马镇的人不够用了,大多数青壮年都跑到外地去打工,主任家里的活儿开始积压。

主任犯了愁。

直到他去外地谈生意的时候,遇到了瘦鸟。

天空飘着小雪，瘦鸟靠在墙角，眯着眼睛小口啜饮着小半瓶不知道是谁施舍给他的可口可乐，其中一小半已经结成了冰碴子，正在享受可乐的瘦鸟脸上正炸开一朵用五官组成的灿烂笑容。

主任端详着瘦鸟，瘦鸟身上的衣服穿跟没穿没区别。
尽管寒风带着雪肆虐，但瘦鸟浑然不觉。
他骨架粗大，手脚瘦长，看起来拥有巨人血统。
虽然瘦，但身上肉条里积蓄着肉眼可见的力气。
尤其是腰部耷拉下来那一管堪称狰狞的阳物，像一杆还没上弹的猎枪，无所事事但又虎视眈眈。
主任给了瘦鸟一瓶可口可乐，习惯了陌生人施舍的瘦鸟，都没有抬头看主任，就抢过可口可乐一饮而尽，最后打了个带着热气的满足饱嗝。

想不想天天有可口可乐喝？
瘦鸟一愣，随即用笑表示了同意。
笑，是他唯一可以支付的货币，也是他唯一的语言。

主任带瘦鸟回了洗马镇，创造性地给他安排了一个岗位：在手套厂给手套挂胶。
瘦鸟不在乎那些刺鼻的气味，那些传说中有毒的化学液体似乎伤害不了已经没什么可以伤害的瘦鸟。

即便是手套厂养的向来以凶悍著称的狼狗,在瘦鸟突然窜出来抢它碗里骨头时,也不敢跟他为难。

瘦鸟似乎具备了某种神力。

瘦鸟干活又快又好,整个人壮得像一台机器,只要有可口可乐喝,甚至会忘却时间。

很快,主任就明白了一个道理——要是他有十个瘦鸟,一百个瘦鸟,他就不愁有干不完的活儿。

从那天开始,主任有了一个爱好,就是去全国各地旅行,然后从不同村镇、城市,带回来一个又一个沿街乞讨、无人问津,愿意为了一顿饭就跟他长途跋涉的人。

这些人勉强称之为人,更多人叫他们傻子。

几年时间,主任就拥有了一支军队。

这支军队,替他料理厂子里、田地里,所有繁重的工作。

他们不怕日晒,不怕雨淋,不怕养猪场里的臭气,不怕手套厂里的化工原料有毒,甚至不知道疲倦,当然也不需要发工资。

他们每个人都有一个理想。

理想足以驱动他们付出劳动。

瘦鸟的理想是想喝可口可乐了就能喝可口可乐。

阿达喜欢和猪睡在一起。

喜字儿想要教会鸡飞,从而变成飞鸡。

主任认为,任何人的理想都需要得到尊重,包括傻子。

而他,是唯一尊重傻子理想的人。

用理想换劳动,等价交换。

傻子们干完了一天的活之后,除了阿达睡在猪圈里,其他人都统一睡在粮仓里,呼噜声叠加在一起,粮仓会震动,上面连鸟都落不下。

他们就是粮仓的卫士。

洗马镇很快习惯了这群由傻子组成的队伍。

他们集体劳动时,快速,统一,不亚于机器,很快就成为镇上的一道风景。

主任说,这些人都被家里抛弃了,无家可归,要是我不给他们口饭吃,他们就得死。垃圾都可以回收利用,废人和傻子当然也要回收。谁回收废人呢?老天爷,也就是老李头歌里唱的主。

谁是主,我这个主任就是洗马镇的主。

镇民们欢呼,甚至让老李头跑来唱他的梆子,就对着主任唱:这本是上帝的旨意,你休要怀疑玛利亚。

当天,主任特别高兴,每家每户都从主任这里多领了一份米、面和鸡蛋，因此镇民们也高兴起来。就连傻子们也能够享用主任这份高兴。他们提前下班，跑到河里洗澡。

　　洗马镇这条河底下有地热，热气滚滚冒出来，和天上云层相接。在热气里洗澡，跟飞到天上去没什么区别。
　　瘦鸟跳进水里，两条长臂张开，拍打着水花，水花溅起来，就变成了瘦鸟的翅膀。
　　瘦鸟在云端展翅飞翔，笑声丢出去，能接连打出三四个水漂，一直落到坐在河对岸的红霞面前，打湿她的头发。

　　红霞是主任的女儿。
　　她喜欢看傻子们在水里赤裸着洗澡，这让她想起了在课本上看到的一幅油画，油画里的男人女人都不穿衣服。
　　在儿子得了小儿麻痹之后，镇主任想尽了办法，吃尽了偏方，到底也没能再生一个。
　　红霞成了他唯一的后代。
　　他希望红霞继承他的一切，因此拒绝了红霞出国留学的请求，她高中毕业之后，就一直留在家里替主任管理账务。

　　刚开始，红霞寻死觅活地跟主任闹，但和人斗争经验丰富的主任用了半年时间就让红霞屈服了。
　　从那以后，红霞再也没有笑过，脸上的肌肉总是紧绷着。

因为肌肉绷得太紧,红霞脸上的表情看起来和猛禽无异。

镇里的小孩子们看见她都吓得哇哇哭。

红霞被困在这个镇上,每天早上醒来都能感觉到青春从她身上沙漏一样漏下去。

有时候漏下去的是皮屑,那些曾经饱含胶原蛋白的皮肤,终究扛不住时间流转。

有时候漏下去的是头发,一头让红霞骄傲的长发如今打结纠缠像一团理不清楚的乱账,不管是洗头,还是走路,只要一有风吹过来,头发就会掉下去,在风里张牙舞爪地写出一声叹息。

有时候漏下去的是经血,红霞知道,那是女人的年轮,按月份计算,每一次流血,她就会苍老一个月。

红霞恨父亲,但又反抗不了父亲为她早早安排好的一切。

父亲甚至要给她招赘一个女婿回来。

只有这样,父亲的家业才不会落到外人手里。

将来生下来的孩子,还是跟着父亲姓,家族荣耀,不容许红霞左右。

只有家族姓氏能传下去。

个人不重要。

父亲如是说。

但红霞不明白为什么她要为家族牺牲。

洗马镇的一切都让她厌恶。

老人逝去后的房子，为了新婚夫妻拔地而起的二层楼，地面上长出来的电线杆，镇上那些不知年月的老树，镇民们皲裂的皮肤和浓重的乡音，父亲身上的烟草气味，一切的一切都让红霞痛恨。

除了那群外来的傻子。

红霞喜欢坐在岸边盯着欢快的傻子们看。

尤其喜欢看瘦鸟。

瘦鸟的身形、姿态，甚至表情，都像一只被困在人身体里的鸟。

看着瘦鸟，红霞心情就能平静一些，因为只有这时候，她才会发现，原来这世上不止她一个人被困在罐头里。

红霞在河水里看到一条硕大到骇人的红鲤鱼，此刻正在瘦鸟胯下欢快地扑腾，水花飞溅起来，在太阳底下绽开光芒，颇有点豪气。

红霞觉得有趣，眼神离不开红鲤鱼。

等到瘦鸟突然站起来，红霞这才发现，那条鲤鱼原来长在瘦鸟身上，是他那条看起来从未使用过的男根。

红霞不是没有见过此物。

只是她见过的那些，大都猥琐不堪，躲在黑暗之中，晒不到太阳,羞于见人,全然不像瘦鸟这根,存在得如此理所当然,像一个昭然若揭的真相。

　　红霞看得呆了。
　　在那一瞬间,红霞心里决定要做点什么,反抗这由不得她、还要逼着她喜欢的生活。
　　反抗本身就是乐趣。
　　哪怕只是微不足道,最终只能伤害到自己的反抗。

　　红霞在手套厂的仓库里堵住了正在给手套码堆的瘦鸟。
　　瘦鸟并不慌张,只是对着红霞笑,那声笑没有意义,没有生气,也没有讨好。
　　瘦鸟看谁都这样,眼光纯粹到甚至有点圣洁。
　　红霞一把抄起了那条游弋在人身上的红鲤鱼,滑不溜手,却筋肉结实,只要你给它一个目的,它就能钻开山石和逆流。

　　红霞猛禽一样扑倒了瘦鸟。
　　像在捕食。
　　两个人滚落在地。
　　身后织好的手套,高低错落,层峦叠嶂组成山峦,像无数只手张开巴掌讨要什么。

红霞在书里读到过一个传说。

听说，仙人都是骑着鲤鱼登仙。

此刻，红霞就骑在一条红鲤鱼上，在波涛汹涌中乘风破浪，虽然红霞有限的人生里至今还没有见过海。

但此刻，这条红鲤鱼成为她的坐骑，只要越过传说中的龙门，她就能成仙。

仙人是自由的。

仙人可以没有父亲。

身出三界外，不在五行中。

瘦鸟不明白突然就长在他身上的女孩，为什么抱起来发烫，看起来疯癫，从此他不能理解的事物又多了一个。

即便工作很繁重，瘦鸟和朋友们常常累到虚脱。

但对瘦鸟来说，只要有可乐喝，他就会瞬间忘记酸疼的虎口和腰背，这时候他脸上就会有笑容跑出来，好像除了笑，瘦鸟不知道还有什么方法安放他不安的五官。

只有笑让他觉得自在和舒服。

瘦鸟所有的情绪都只有一个出口，那就是他的笑。

他可以用笑表达一切。

红霞很快就发现了这一点。

瘦鸟累了发笑，开心了发笑，害怕了也发笑。

红霞喜欢跟瘦鸟抱怨，尽管瘦鸟所能回应她的仅有笑声，但红霞知道，那是附和，是安慰，是不理解，但绝不是嘲笑。

除非红霞来找他，否则瘦鸟从不主动求欢，除了看红霞的眼神有那么一丝不易察觉的变化之外，瘦鸟似乎全然和红霞扯不上关系。

这也让红霞觉得安全，瘦鸟绝对是一个能保守秘密的人。

在天气不好的时候，主任也没有富余的工作安排给傻子们。

这是傻子们难得的假期。

红霞就拉着瘦鸟跑到河里，和瘦鸟一起洗澡。

这是为数不多的时刻，瘦鸟在大白天见到红霞一丝不挂的身体。

瘦鸟的眼神就像飞鸟一样，在红霞身上起起落落，不知道究竟该落在哪里才算得体。

红霞反倒坦然许多，瘦鸟是个绝好的倾听者，也是个绝好的观察者。

红霞牵引着瘦鸟粗粝、结满伤口的手掌，指引他抚摸过自己年轻身体上的居民：嶙峋的石头，似乎一瞬间才刚刚长大的山丘，一口深井，一只蜷缩的刺猬。

瘦鸟笑着笑着，身子就颤抖起来，身上水花飞溅，像一只水鸟在打理翅膀。

红霞就从瘦鸟过量的笑容里，捡拾一点，放到自己脸上，这样她也就有了一点开心,不至于总是愁眉苦脸。

红霞指着自己脸上的笑跟瘦鸟说,这是你传染给我的。

瘦鸟就笑得更开心。

一切都相安无事。

傻子们为主任建立了一个小小的王国,跟印钞机相仿,每天都有钞票产出。

主任喜欢背着手巡视他的工厂、田地,检阅他招募的傻子们,给他们递上可乐、零食,甚至愿意擦掉他们嘴角不自觉流出来的涎液,如父亲一般教训他们,也疼爱他们,给他们食物、庇护,给他们快乐。

如果一切没有变化,傻子们会在这里贡献完最后的精力,然后就此死去,主任会把他们埋葬在洗马镇山后早已划分清楚的坟地里,这里埋葬着洗马镇的先祖,他们也不会介意与一群为洗马镇做出贡献的傻子做邻居。

傻子之中,也的确有人先行死去。

此人染了病,吃什么都会拉出来,主任找来镇上的大夫尽心医治,大夫把能开出来的药,一股脑儿都喂给了傻子,可傻子仍旧拉个不停,直到把身上原本就不多的肉拉掉了,身子轻飘飘如烧纸一样薄，最后在一个夜晚索性把灵魂也拉了出来，就此死去。

主任亲自埋葬了他。

这个连他自己也不知道姓甚名谁的傻子，最终化成一个土丘，山风和夜雨都不会嫌弃他，主任只记得他是从江西捡回来的，死了死了，还是给他一个名字，立了一块木头刻出来的碑，上面写着：小江西。

主任管傻子们活，也管傻子们死。

这一举动让老李头深受感动，除了上帝，没有人能做到。

从那以后，老李头唱梆子的时候，总是对准主任家的方向。

深夜，主任从急促的电话里得到消息，来自他在城里的关系。

电话里的人，压低声音，言简意赅，有人举报你非法囚禁傻子当劳工，警察明天就要带着记者去解救了，你赶紧想办法。

主任放下电话，虽然心跳得厉害，但还是保持了一贯的冷静，他点上一支烟，思索着对策。

小火苗在黑暗的屋子里闪烁，如一颗狡黠的星星。

一根烟抽完，主任已经有了办法。

他连夜叫醒傻子们，按照自己的记忆，把傻子们分门别类，希望把他们送回原地。

但仔细一算时间，又来不及跑遍全国，想了想，就给每个傻子口袋里塞了几块钱，又写上各自籍贯的纸条，把他们逐一塞进面包车里。

除了阿达和喜字儿因为舍不得猪和鸡，遭到主任的耳光之外，包括瘦鸟在内的其他人，都还在睡梦中就被塞进了车里，沿路颠簸。

面包车往城里开，车灯徒劳地击穿一小块夜色，出了洗马镇，上了大路，算好此时和火车站的距离，每隔二里地就放下一个傻子，均匀分布。

傻子们醒来时，只见茫茫夜色，不知道自己身在何地。长时间痴傻，使他们忘记惊慌，就凭着本能往有光的地方走。

面包车开进了火车站，就剩下了一个瘦鸟。

大事已了，主任松了一口气，有闲暇给瘦鸟买了一瓶可乐，递给他，喝吧。

瘦鸟开心地喝着可乐，打着响嗝，脸上笑容捂不住，看着主任上了面包车，面包车疾驰而去，又被夜色吞没了。

主任走了另一条路，他不愿意见到那些被他遗弃的傻子，想到这里，竟然觉得有些不舍。

回到镇上，主任没有惊扰任何人，又倒头睡下。

直到天光亮起来，他想出去走走，去河边看看，听听流水声，也洗洗昨夜里的风尘。

主任在一种失去什么要紧东西的伤感里，缓慢踱步，到了河边。他愣在原地，看着在晨光裹挟下，热气腾腾的河水里，瘦鸟不知道什么时候回来了，正在和自己的女儿，红霞，在河水里嬉戏。

红霞没穿什么，身子白得发光，晃眼，这让主任窘迫，他转过身之后，才怒喊了一声红霞的名字。

红霞愣住，一下子看到了父亲严肃又专制的背影。她倒不慌张，反而盼望着父亲能看到这一切，看到她实实在在的反抗，看到父亲用自己的专制如何毁掉她的人生。她和傻子在一起嬉戏的画面，一定刺激到了父亲，她甚至想象了好多种父亲此时脸上的表情，这让她有复仇的快感。

瘦鸟还在击水，还在笑，红霞不急不慌地穿好衣服，叫了声爸。

主任这才转过身来，脸色惨白，一言不发地走上来，拉着瘦鸟往外走，看都没看一眼红霞。

瘦鸟笑着被主任拉住，他不想走，他一把拽住红霞的手，对着红霞笑。红霞滑不溜手的胳膊，被他抓红，瘦鸟只是笑，红霞任由他拉着，回应他笑。

主任却急了，一改往日喜怒不形于色的气度，猛地抽了瘦鸟一个耳光，瘦鸟不知所措，还是没有放手，直到主任给了瘦鸟一脚，将他踢倒。

瘦鸟不懂反抗，只是瑟缩着，任由主任拳打脚踢。

红霞拼命拉住父亲，甚至因此遭到父亲无意中一记肘击，鼻血流出来，血让红霞发了疯，她怒吼着，你别打他！

主任这才停下来，双目充血地看着女儿，尽量使自己的声音平静，我被举报了，警察要来查傻子的事儿，别的我都送走了，只有他回来了，他不能在这儿。

红霞却笑了，这是她一生中，唯一一次，获得父亲的恳求。

她带着胜利的眼神，胜利的口气，挑衅父亲，他不会走，他爱我。

主任显然被红霞的挑衅激怒了，红霞毫不退缩，耐心地等待着父亲的怒气和耳光，等来的却是始料未及的一句话。

主任说，我让你出国留学。但这个傻子，要处理掉。

瘦鸟被愤怒的镇民团团围住，不解其意的瘦鸟还在对着每一双眼睛笑。

红霞面无表情，走过来，瘦鸟抬起头，想要把笑传给她，可红霞没有看他，只是指着瘦鸟，说，他强奸我。

瘦鸟显然不知道强奸是什么意思，还想把自己脸上的笑引到红霞脸上去，让她看起来开心一点。

红霞却退出了人群。

愤怒的镇民们看着这个不知道感恩图报，还敢强奸主任女儿的傻子，怒不可遏，一拥而上。

瘦鸟被镇民淹没，只有他的笑声传出来。

笑声飘散到沙沙作响的树叶上，风一吹，又附着到麻雀翅膀上，直上青云，和雨水做了邻居。

洗马镇东边山顶上，神父老李头正在吟唱——

  这小孩是圣灵造，借着他娘胎到地下。代世人偿罪孽，就是以马内利弥赛亚。这本是上帝的旨，你休要怀疑玛利亚……

从那以后，每逢下雨，镇上的人都会听到一两声笑，久而久之，镇民都习惯了。

倒是远在美国、已改名叫 Maria 的红霞，每次洗澡时，都会感觉耳后有笑声传出来，似乎要把笑努力引到她脸上。

她妥协了，从此脸上就只剩下了笑容。

长道和玛利亚坐在山顶抽烟

一　张道长和老李头当众斗殴

张道长和老李头正在洗马镇斗殴。

若是寻常人斗殴，也没什么好看的。

但偏偏是张道长和老李头斗殴，那就有了意思，因为两个人都是神仙，或者说，是神仙在人间的代理人。

时值饭点儿，镇民们谁都不愿错过热闹，端着碗跑出来看，权当是下饭菜。

张道长架起桃木剑，先后击中了老李头的胯骨和尾椎，占了上风，老李头疼得龇牙，把手里的拂尘抡得跟电风扇似的，镇民都看花了眼。

事情的起因是，洗马镇死了人，张道长在人还没咽气之前就早早赶来，踩着点，等着那人咽了气，当即就要给驾鹤西去者做那水陆道场。

结果还没有谈定，正在给镇民劁猪的老李头听闻消息，慌了神，索性揪住胯下大黑猪的肉耳，把黑猪当了坐骑，那黑猪未能被劁，雄性激素过旺，平日里就净干些拱墙撅地的勾当，如今被人骑在胯下，怎能听话？左右撒欢，要把老李头颠簸下来，老李头却不着慌，俯身下去，出手快如闪电，只一把就捏住了黑猪胖睾丸，皮肉从手掌中溢出来，黑猪周身一滞，当即就安静下来，不敢再造次，任由老李头施为，老李头再不迟疑，驾着黑猪就向死者家中奔袭。

　　两个人在死者家中相见，眼都红了起来，老李头不由分说，直斥张道长那一套画符念咒，不过是封建迷信，如今和谐社会树新风，封建旧糟粕要通通退下。
　　张道长气得吹胡子，辩解道家仙长传下来的那是传统文化，是国粹，是文化走出去，岂是你这类崇洋媚外的假洋鬼子能体悟的。
　　两个人谁也说不过谁，索性动起手来，打了足足一顿饭的工夫，难分难解。

　　老李头劁猪年头久了，是个练家子，练的就是一个眼疾手快，瞅准了空子，伸手猛掏，当即就如劁猪一般，捏住了张道长的局部，稍微一加力，张道长便疼得面如金纸，脸上渗出一层汗珠来。
　　想那张道长也不是吃素的，道家原本就有些江湖本事，被擒住命根子之时，心念急转，噘起嘴，凭空就吐出一口黄烟来，迷了老李头的眼睛,老李头眼前一黑,泪蒙了眼,心叫不妙,要往后猛退,却已经来不及,张道长的桃木剑横贯而来,击中了老李头的脑门,直接开了他的瓢,却似是三伏天开了一个沙瓢西瓜,血顺着老李头的脑门子就淌下来,在脸上流出印迹,就跟那恶鬼的脸谱相似。

两个人斗了许久,体力都跟不上了,围观者也吃饱饭开始犯困,都默默散了。

没了观众,再打下去也没甚意思,张道长和老李头就不打了,就地坐下来,开始分烟。

烟雾缭绕中,老李头说,老张,不是我要和你动手,只是你对主缺乏敬重。

张道长辩解,要不是你先侮辱道家仙师,我怎么会开你的老瓢?

老李头说,不如这样,不知者不怪罪,我给你唱一段梆子,给你启蒙启蒙如何?

张道长抽着烟,你且唱来。

老李头清了清嗓子,唱了起来:

约瑟公,你坐下,听俺说说知心话。约瑟公,咱都坐下,咱们随便拉一拉。木匠你成亲后,娶的就是玛利亚。她没过门就怀孕,知道你心里有牵挂。孩儿他爹竟是谁,你每天每夜睡不下……

唱罢，老李头很是得意，拿眼去瞧那张道长。

张道长一支烟已经抽完，不置可否，把烟头踩灭了，这才说话，你这梆子唱得不赖，来而不往非礼也，你嘴里时时不干净，我也给你念一段净口神咒如何？

老李头点头，那也好，权当是文化交流。

张道长咳嗽一声，清了清老嗓，念了出来：

丹朱口神，吐秽除氛，舌神正伦，通命养神，罗千齿神，却邪卫真，喉神虎贲，气神引津，心神丹元，令我通真，思神炼液，道气长存。

老李头这才听出来，敢情你这是骂我呢！

二　神也有个吃饭问题

老李头和张道长的争执，说穿了，还是个吃饭问题。

洗马镇虽然号称是个镇，但实际上和一个村庄大小差不多，大部分人还是要靠种地为生，徒有一个镇的名字，其实叫村子更合适。

镇上人口不多,白事有限,养活不了两个从业者。

老李头和张道长说白了是竞争关系。

两个人也不是没想过拓展自己的地盘,但左右村镇都有势力,富强一点的乡镇,人家还有庙,庙里香火旺盛,凡间有什么事,都是庙里出面。

老李头和张道长各自都因为抢地盘的事儿,在隔壁乡镇吃过亏,如今方圆百里天下已定,老李头和张道长只能回到自己的管辖范围,开始惨烈的竞争。

为了招揽客户,张道长和老李头两个人各有各的招儿。

老李头把家中一栋空屋,改成了镇上唯一一座教堂。

镇民平日里可以来这里乘凉,嚼舌头,聊聊东家长西家短,要是谁被老婆赶出来,也可以来此避难。

教堂底下还挖了菜窖,供镇民用传统方式储存过冬蔬菜。

老李头不只会把《圣经》编成梆子唱给大家听,还是镇上唯一的兽医,除了有劁猪的本事,还有个绝技,替牛马接生,要是逢上牛马难产,必须要找老李头,方圆五十里,无出其右者。

传教之余,老李头愣是靠着手上的本事,养活了一大家子人。

张道长也有些本事,但凡替人捉鬼驱魔,探勘地理风水,选墓葬佳穴，都不在话下。

除此之外，张道长还经营了一个养鸡场，逢年过节就会给各家各户免费送去一把鸡蛋。

张道长和老李头都清楚，要在如今的世界生存下去，仅仅靠着形而上是不行的，还要有些具体的本领，要针对用户痛点，满足他们的刚需。

既然都是为了解决肚子问题，那么张道长和老李头还能互相谅解，虽说打打架，但也算是不打不相识，权当是锻炼身体。

但寡妇刘让两个人成了不共戴天的仇人。

三　寡妇刘和爱情破碎的五月早晨

寡妇刘不是凡人。

张道长常常这么说。

每次和寡妇刘欢好之后，张道长都觉得自己腰不酸，腿不疼，连血压也降下来了，说是采阴补阳都有人信。

因此，张道长隔三岔五就要去找寡妇刘。

但寡妇刘有个规矩，来可以来，但不能白来，要带东西来。

带什么不重要，带什么都行，一条鱼，一只鸡，哪怕一把头绳，反正就是不能空着手来，空着手来就是对她的不尊重。

这一点张道长很明白，不但明白，还很知心，送东西总能送到寡妇刘心坎坎里，讨到寡妇刘的欢心。

寡妇刘喜欢他，说他是个知心的。

张道长也喜欢寡妇刘，夸寡妇刘有慧心，有禅根，甚至想着引导寡妇刘和他一起双修，将来两个人一同得成大道。

张道长每一次和寡妇刘欢好过程中，总会有一两个瞬间感觉到灵魂从小腹燃烧，沿着胸腹向上蔓延，直到顶着了天灵盖。要是再努力那么一下，天灵盖就会破一个洞，灵魂如流光一般炸射出来。

张道长自己就常常想，如果真有那么一天，自己羽化登仙，他一定不会亏待寡妇刘。不学那抠抠搜搜的吕洞宾，每次只管折腾白牡丹，就是不肯泄掉精元，让白牡丹也能得成大道。

比起"羽化登仙"，张道长更喜欢"双宿双飞"。

张道长的爱情破碎在一个五月的早上。

张道长在寡妇刘家度过了漫长的一夜之后，第二日赶着做水陆道场，一大早离开，走出去半里路，才想起来昨晚睡觉前把桃木剑塞到了寡妇刘的枕头底下。

做水陆道场可不能没有桃木剑，当即就反身，抄小路回去拿，刚摸进了寡妇刘的门，就觉得屋子里氛围不对，光线不对，气味也不对，感受到的气场也不对。此后许多年，张道长常常想起此时此刻他的生理感受。他觉得苦涩，眼睛发胀，脚下虚浮，鼻腔发痒，后来他才知道,这种感受就叫作痛苦。

屋子里并没有人,桃木剑倒是横放在炕上,他听见屋顶上砖瓦响动,一点灰尘飘落下来,眯了张道长的眼睛,使他有眼泪流出来。

张道长提着一口气,走到屋后,看到一把梯子搭在墙壁上,他攀上去,布鞋踩在还凝霜的瓦上,直面了老李头和寡妇刘正以一种他从未见过的全新姿势,幕天席地交缠。张道长眼前朦胧起来,目之所及,只有寡妇刘的两只奶子迎风晃悠,白茫茫一片真干净。

张道长手心里还残留着寡妇刘身体的温热,早上分别之际,寡妇刘还在张道长耳边柔声细语叫他冤家,只不过一转眼的工夫,寡妇刘就和他的死对头老李头组成了一个复杂的几何图形,几乎不亚于道家最繁复的符咒。

张道长呆立原地,老李头一抬头看到了张道长,却并不着慌,仍旧专注地调整着他和寡妇刘组成的几何图形,生怕破坏形状之美,如同一个精细的几何学家。同时也是向张道长示威,此时无声胜有声,事已至此,你还不知难而退吗?

张道长此时怒从心头起,恶向胆边生,两只眼睛瞪得铜铃大小,牛眼粗细,举起桃木剑,一声嘶吼,扑向老李头。

老李头见张道长来势汹汹,心知不可硬扛,来不及穿裤子,光着屁股一闪身,张道长眼前白影一闪,躲过了张道长第一波攻击。

张道长嘴里哇哇乱叫,追得老李头狼狈不堪。

寡妇刘却默默穿好衣服，收敛心神，重整云鬟，只是轻轻说了一句，我先下去给孩子做饭，你们打完了来屋里相见。

张道长和老李头都静默下来，肃立如水，等着寡妇刘踩着梯子下了房。

寡妇刘一下去，张道长又恢复了兽性，老李头身上已经着了道，尤其是雪白屁股上挨了好几下，道道红印，触目惊心。

不多时，屋顶烟囱上冒出烟来，饭香味四散，从气味中能辨认出有鱼有肉有豆腐，竟然还挺丰盛，战斗中的张道长和老李头肚子都咕咕咕叫了起来，这般尴尬，让此番打斗变得极为不严肃，两个人饿得失了力，都停下来，逼视着对方，想着用眼神在对方身上讨点便宜。

直到寡妇刘仰头喊他们，吃饭，填饱肚子再打不迟。

张道长和老李头都觉得腹中饥饿难耐，索性就暂时休战，先后下了房。

三个人坐在一起吃饭，寡妇刘手艺端的不错，猪肉炒得尤其好，张道长和老李头都吃得风生水起。二人都想蓄力，为接下来的战斗做好准备。

张道长和老李头都抢着夹猪肉吃，张道长先开了口，凡事总有个先来后到，你这是夺人所爱。

老李头冷哼，你凭什么觉得你是先来，我就是后到？

眼看着两个人又要动手,寡妇刘夹起来最后一块猪肉,起身收拾碗筷,催促他们,你们差不多就走吧。晚上老满要来。

张道长和老李头都愣住,who is 老满?

寡妇刘说,老满是城里开五金店的,严格来说,老满比你们两个都要早。不过老满不如老常早。

老常又是谁?

老常就是咱这里卖有机黑猪的,也常来,你们刚才吃的猪肉就是老常带的。

张道长和老李头同时停止了咀嚼。

傍晚,镇上的当头风很冷,张道长和老李头靠在一起,走进了漫漫的长夜,无人说话。

这场战争,没有胜利者。

爱情,最终同时抛弃了他们。

两个人得出了一个人世间朴素的真理,男人还是要有事业。

这一刻,成为张道长和老李头生命中的转折时刻,史称"寡妇刘家觉醒"。

四　谁还不想搞点大事情

张道长和老李头其实是一样心思，既然要搞事业，那一定要在镇上搞出点大动静来，只要名声起来了，就有办法发展更多客户，扩展更多业务。

张道长想找传人，老李头想要更多信徒。

两个人自然是谁也不服谁。

张道长推出"满五赠一"的优惠活动，支持拼团，只要请张道长做五次水陆道场，就免费送一次，这一次可以是堪舆，可以是白事，可以是驱鬼，也可以是超度，任君选择。

老李头不甘示弱，苦思冥想，推出"受洗沐浴搓澡"服务，只要是成为老李头的信众，就可以来教堂里受洗，这个受洗是洗去人间罪孽，当然是洗得越干净越好，老李头亲自上阵，为新信徒搓澡，一时间教堂前排起了长队。

就在张道长和老李头互相竞争的时候，镇民的注意力突然就被夺走了。

洗马镇依山傍水，又是海洋性气候，被包装为天然氧吧。

镇上走出去过一个三线小明星，小明星的老父亲因为发病，而成了植物人，常年昏迷不醒，小明星自己没有时间回来照顾，就想着在镇边上的山林里投资建一个疗养院，专门接收需要照顾的植物人。

　　小明星一号召，很多当地企业家支持，疗养院很快就建了起来。

　　而小明星的老父亲成为第一个入住疗养院的植物人。

　　小明星和当地企业家为这个疗养院剪彩，取名叫"好风光疗养院"。

　　疗养院占地面积不算小，请张道长选的风水宝地，也请来老李头为大家唱一段梆子版圣经。

　　镇上有植物人的家庭，都看到了希望，纷纷把植物人送到疗养院疗养。也有很多其他城市的植物人家庭，不远千里，将植物人送来这里照料。

　　一来二去，住在这里的植物人越来越多，一床难求，床位很快就满了。

　　因为住在这里的植物人实在不少，镇民就把这里戏称为"好风光植物园"。

　　其实张道长和老李头心里都有点不爽，两个人都埋怨自己，这样的大事儿，他们怎么就没想到呢？

　　要说造福众生，这就是造福众生最好的办法啊。

两个人目睹了植物园开业的盛况,心底里都有些失落,毕竟他们两个人终其一生,都没有享受过这样的光荣时刻。

五　洗马镇红白喜事大托拉斯

张道长并没有放弃。很快,他的事业迎来一番崭新的变化。

他决定雄起,在接下来的时间洪流中,战胜老李头。

他为自己找到了一个传人,实习道士小王。

张道长带着小王替人做水陆道场,向众人介绍小王,并许诺将自己一身本事悉数传授给小王,绝不藏着掖着,以后小王就是自己的正式传人了。

不只如此,张道长还在自家院子宴请一众镇民,介绍小王给大家认识,说是我百年以后,镇子里的红白喜事,小王替我做。

老李头也来了,几杯酒下了肚,越看小王越觉得不顺眼,又察觉小王和张道长的女儿眉来眼去,好不腻歪。

老李头发现了端倪,举着杯子要跟小王拼酒,张道长来挡,老李头问,这就是小王吧?

张道长拉着他说,休要骂人。

老李头酒上了头,斜着眼看张道长,你别以为我不知道,什么传人,什么实习道士?不就是个上门女婿嘛,贪图你张道长大半辈子的积蓄,想继承你的养鸡场,子承岳父业少奋斗个一二十年,谁看不出来嘛。

张道长急了,你个老匹夫,休得胡吣。

话音甫落,老李头酒意上涌,喉头耸动,哇的一口,吐了出来,吐在了张道长特意穿的新布鞋上。

当天夜里,酒渐渐醒了,老李头焦虑不堪,翻来覆去睡不着,不承想牛鼻子竟然用了上门女婿这一招,用心何其歹毒,不管怎么说,他们以后就团队作业,规模化了。

而自己呢,却还是孤身一人传教布道,又没有女儿可以招赘纳婿,到时候,他们翁婿二人联手对付自己,老李头如何能够敌得过呢?

越想越是心焦,一夜之间,嘴唇上就鼓起了疮,吸气呼气都热气腾腾,第二天起身,眼圈都黑了。

老李头也想找一个传人,可他偏偏是个老鳏夫,没有老婆,没有儿子子承父业,也没有女儿能招个赘婿回来。且不说自己一身劁猪、给牛马接生的本事无人继承衣钵,传教大业也到自己这里就要结束了。

越想越气,竟然病倒了,茶饭不进,提不起精神。

六　出埃及记

在家里躺了三天，第一个来看他的还是张道长。

张道长一进来，劈头就说，你这是心病。

老李头不想理他，只是道，我这是代世人偿罪孽。

张道长说，别扯这些没有用的，我这次来是求助于你。

老李头一听这话，觉得有意思，就坐起来，打量着张道长，说，你有了传人，现在已经是镇上红白喜事的大托拉斯，有什么事要我帮忙？

张道长一声长叹，把事情来龙去脉说给老李头听。

张道长的养鸡场规模不小，小王上门之后，张道长就放心地把养鸡场的经营权交给了小王。奈何突然就来了个禽流感，上面下来政策，禁止活禽交易，为了防止禽流感蔓延，养鸡场的几千只鸡不论老少，一律坑杀。

张道长一个人面对着被坑杀的几千只鸡，念了数十遍往生咒，心疼自己这些年的积蓄一把赔了个精光。

镇民在知道这里埋了几千只活鸡之后，纷纷前来，想要把鸡挖出来带回家炖烂了吃。

张道长吓坏了，死了几千只鸡事儿小，要是真的鸡传人，那就麻烦了。

张道长一个人苦口婆心地劝说前来挖鸡的镇民，告诉他们，埋在这里的鸡不是好鸡了，是坏掉的鸡，有禽流感，炖烂了吃也不行。

镇民们很不高兴，认为张道长人实在太坏，宁可把鸡活埋，也不肯分给大家吃。

张道长在埋鸡的地方死死把守，生怕镇民不死心，为了断了他们的念头，索性托人拉来一车粪，垛在埋鸡处，这才打消了镇民们要挖鸡出来吃的念头。

然而事情还没完。

养鸡场一下子没了收入，小王左思右想，就觉得自己牺牲一生幸福入赘张家，忍受着张道长女儿一百八十斤的体重，还不是为了这个养鸡场。如今养鸡场没了，他再待下去还有什么意思？总不能真的跟着张道长舞刀弄棒，驱鬼画符吧。

小王不等天亮就不辞而别，临走之前，还带走了张道长给他们新婚夫妻二人的彩礼。

张道长倒是还好，心里想着，这就是个缘法，也看清了小王的为人，就当小王和这些鸡一起被埋进去算了。

但张道长的女儿张秋红受不了打击，狂吃泄愤，眼看着体重要往两百斤冲刺，张道长苦劝女儿不要放纵，苦口婆心道，长肉容易，减肥难。

奈何张秋红根本不听，夜里起床，竟然将张道长泡在酒坛子里的一只百年太岁嚼着吃了。张道长第二天早上起来看到女儿瘫软在酒坛子前，双目红肿，脸色通红，三伏天从嘴里呼出热气来，抬头看着张道长痴痴地笑，笑着笑着又哭，对张道长喊，你给我把小王找回来。

　　张道长知道女儿这是补得太过了，得送医院，可是女儿介于一百八到两百斤区间的体重，让年迈的张道长无力承受，努力了一个多小时，也没能移动女儿分毫，最终只好不顾面子，求助镇民。镇民开着拖拉机来，三五个人把女儿抬上拖拉机，送进了医院。

　　进了医院，张道长在走廊里坐立不安，医生从急救室出来，问张道长，你女儿到底吃了什么？

　　张道长说，吃了我从山里挖出来泡酒的百年太岁。

　　医生冷笑一声，什么太岁，那是一团没有降解的塑料，你女儿吃进胃里的还能看见商标呢。

　　张道长不解，什么商标？

　　医生压低了声音，说，商标上写着"37度恒温情趣玩具"。

　　张道长张大了嘴，一句话也说不出来。

　　医生说，以后别什么都往酒里泡，你女儿正在洗胃呢。

　　张道长老泪纵横，说，都怪我没有识人的本事，让女儿被人给欺负了，所谓实习道士也成了个笑话。

老李头猛拍床板子，大骂，这个小王果然不是个东西，现在的年轻人真够混蛋的，一点契约精神都没有。

张道长道，现在说这些都没用了，我女儿精神出了点问题，说自己不想活了。

老李头想了想说，心病还须心药医，我陪你去城里擒获小王，让他跪在你女儿床前，跟你女儿道歉。

张道长面露喜色，你真的肯帮我？

老李头说，当然肯，一切都是主的意思，现在我就是摩西，我带你出埃及，去迦南。

张道长愣了愣，不知道老李头在说什么，却担心他的身体，可是你的病？

老李头哈哈一笑，听到你的悲惨遭遇，我的病就好了一半了，原谅我的庸俗，我毕竟还是个凡人。

张道长哭笑不得。

事不宜迟，老李头拿了几件衣服，再三和张道长确定，去城里的食宿都由张道长负责之后，欢欢喜喜地上路了。

七　有机葬礼

按照张道长女儿提供的地址，老李头和张道长在一家中介公司找到了正在上班的小王。

小王看到前岳父，坚称自己不认识他们。

张道长大喝了一声孽畜，就拿出手机，亮给围观的人看，手机里，是小王和张秋红的洞房花烛夜。

小王愣了，难以置信，质问张道长，你怎么能这样？什么样的爹在自己女儿房间装摄像头？

张道长冷笑，防人之心不可无，万一你对我女儿家暴，我也好第一时间看在眼里。

小王长叹一声，袒露心迹，跪下来，哭求张道长，我不是不喜欢秋红，实在是不想当上门女婿，当了上门女婿，我老王家就绝后了。我负不了这个责。您要是真的疼女儿，就让秋红来找我。我俩都留在城里，以后生的孩子，还是跟我姓王。你就别搞上门女婿那一套了。

张道长气得要动手，被老李头拦住。

老李头劝张道长，我知道你的意思，招赘婿，一是为了秋红，二也是为了自己有个传人，但万事万物都有自己的缘法，不可强求啊。

张道长长叹一声，道，那就看看秋红的意思吧。

张道长和老李头一路押送小王回来。

却没见到秋红。

寡妇刘急匆匆地跑过来，拉着张道长跟他说，秋红现在在我家里呢，脸肿了，不肯出门。

张道长怒发冲冠,谁敢对我女儿动手?

张道长和老李头押着小王,跟着寡妇刘一路回了家。

进了屋,张秋红看到小王,却把头钻进了被子里,死活不肯出来。

小王一时间不知道该怎么办,愣在原地,老李头看不下去,踹了小王一脚。

小王这才反应过来,去哄张秋红,告诉她,没事,就算你毁了容,我也不怕。

听了这话,秋红才从被子里探出头来,小王看清了,一屁股跌在地上。

张道长和老李头去看,腿也发软。

张秋红一张脸高高肿起来,像是发过了劲儿的发面馒头,又像是被火烫鼓的软橡胶。因为肿得实在太厉害,张秋红的眼睛都眯成了一道缝,五官几乎要流下来。

张道长当即就发了疯,大喊,谁干的,我弄死他。

被老李头和寡妇刘拉住。

寡妇刘让小王照顾张秋红,自己拉着张道长和老李头去了外屋,一五一十地把张秋红的遭遇说给了两人听。

秋红身体恢复了之后,不知道怎么就迷上了直播,屁大点事儿就要直播。

赶上了镇上养有机黑猪的老常老父亲去世了。老常是个讲究人，一向看不上老李头和张道长那点本事，一心想要让老太爷走得风光点，就想给老太爷办个新式葬礼，特意带着老太爷去城里走了一趟，体验了新兴的火化技术，大概的意思就是，把人的骨灰和各种进口木材的木粉混合在一起，连骨灰盒都是可降解的，带回来埋葬之后，用不了多久，就会长出各色的蘑菇来，煞是好看。

老常一直卖有机黑猪，也想给老太爷办个有机葬礼。

葬礼那天，镇上好事的人都来看。

张秋红觉得这是个直播吸粉的好机会，也跟着去了，不管老常家哭得稀里哗啦，自己举起手机就播。

老常觉得秋红只是个孩子，也懒得理她。

看直播的网友也是好事之徒，听张秋红介绍，自己参加的是有机葬礼，就不停地打赏，提出要求，希望能看看混合着骨灰和进口木粉的有机骨灰什么样。

一开始张秋红死活不肯，但架不住网友们的疯狂打赏，张秋红一下子飘了，心想，小王这个负心汉，抛弃我跑了，我现在就要当个网红给你看看，让你后悔。

张秋红趁着葬礼上所有人都在忙，就自己举着手机，瞅准了个空子，躺进了常老太爷的棺材里，拿手电筒照明，继续给大家伙直播。

棺材里就只有一个小小骨灰盒，网友们弹幕刷得狠，都要看有机骨灰。

张秋红胖了不少，在棺材里腾挪不开，努力着要找最合适的姿势，谁知那棺材本就是架起来的，因为按照风俗，人下葬前还不能接地气。

张秋红接近两百斤的体重这么一折腾，支撑棺材的几条板凳，再也撑不住了，连棺材带人一起翻倒在地。

老常听见动静，冲过来，见张秋红庞大的身躯从棺材里滚落出来，一时间还没反应过来。常老太爷的有机骨灰盒也打翻了，骨灰洒了一地，老常吓得干张着嘴，说不出话。

这时候，张秋红想要起来，身子太胖，动作也不灵活，一只脚不小心踢翻了烧纸的搪瓷盆子，火焰一下子就燎到了常老太爷的旌旗，旌旗一点就着，冒出火头来，众人眼前一热，眼看着火势就要起来了。

老常的老婆是个急性子，看到火光，急了，转身就抄起一桶空调冷凝水，推开众人，一桶水泼下去，泼出一条瀑布来，老常要叫，已经来不及了。

火是灭了，常老太爷的有机骨灰也凉快了。

张秋红终于浑身湿漉漉地爬起来，第一反应就是找手机，一看，自己的直播间一下子上了热门，当即忘了自己身在何地，大声欢呼起来，我上热门了！

以老常为代表的常老太爷的孝子贤孙一看这个架势，都红了眼，血往脑子里冲，顶得天灵盖像烧开了的热水壶盖，狰狞跳跃，发出哒哒哒的声响，不约而同，一股脑儿冲上去，对着张秋红就是一顿胖揍。

要不是最后寡妇刘拦了拦，张秋红一条命就要陪着常老太爷走了。

老李头和张道长听完了，谁也说不出话来。

张道长一腔热火一下子都熄了，只是骂了一句，不争气的东西，活该被打死。老子一世英名都被这个丫头片子给毁了。

寡妇刘安慰张道长，这段时间你就别出门了，外面都传，说是你指示秋红干的。理由是，你守旧，反对新式葬礼，故意要给老常家颜色看看。

张道长愕然，只觉得一股闷气憋在胸口，仰天就倒了下去，老李头连忙扶住。

八　玛利亚和救苦天尊紧密合作一把

因为这件事，张道长在镇上丧失了威信，也没了生意。

老李头的生意却一下子好了起来。

张秋红脸消肿之后,跟着小王去了城里,说是要和小王一起搞直播,当网红,能挣大钱。

等他们上了车,张道长才从阴影里走出来,看着扬尘而去的汽车,感觉到自己的心气儿一下子漏光了。

张道长百无聊赖,终日枯坐在山上,吹风看云,不知道在想些什么。

老李头拎着两瓶酒来找张道长。

两杯酒下肚,张道长说,老李,以后这里就是你的天下了。

出乎张道长的意料,老李头并没有他想象中的志得意满,反而显得心事重重。

张道长不解,现在你已经成了大寡头了,你还有什么不高兴的?

老李头叹了口气,说,有个事儿,我想听听你怎么说。

张道长竖起了耳朵。

植物园出了事,事儿不小,说白了就是没钱了。

托养植物人的那些家属,已经好几个月没交钱了。

小明星的植物人老父亲仙逝之后,接不到活儿,渐渐没了名气,之前投资植物园的几家企业,也不愿意再继续投资。

植物园里的护工已经三个月发不出工资了,实在是忍无可忍,收拾行李一哄而散,现在只剩下一个胖护工还在坚守,幸亏这些植物人除了打针、翻身,也没什么太多需求,不然她一个人肯定忙不过来。

胖护工之所以还留在这里,就是想把拖欠自己的工资要回来,找不到管事儿的,就找这些植物人的家属。可出乎意料的是,这些家属也都联系不上,大部分电话都成了空号,好不容易联系上几个家属,他们却坚称,自己家的植物人早已经去世,从来就没有托养给植物园。

胖护工万般无奈,就找到了老李头,理由是,老李头是神在人间的代理人,这些事儿人管不了,就得靠神来管。

张道长听完,心中讶异,怎么也想不到,当初他和老李头都妒忌的这件大事儿,现在成了这个局面。

老李头说,你说,这事儿该不该管?

张道长说,该管。

老李头说,可我一个人管不了。

张道长说,你不是还有主和玛利亚吗?

老李头说,主和玛利亚不管具体的事儿,管的是抽象的事儿,这你能不懂?

张道长说,那你找我是什么意思?

老李头说,这事儿要管,就咱俩一起管,就跟国共合作似的,玛利亚和救苦天尊紧密合作一把,搞个大事情,让洗马镇都对咱俩刮目相看。

张道长想了想，猛地站起来，说，这事儿可以管！

两个人商议定了，首先就是要留住胖护工。

胖护工叫赵春丽，因为胖一直找不到婆家，也找不到工作，实在是没有办法了，才来植物园当护工。

赵春丽力气大，给植物人翻身跟玩儿似的。她还有个本事，就是把这些植物人真的当成植物，照顾他们，不带一点感情色彩。

她给植物人擦身，剪指甲，就跟给植物浇水、剪枝一样。

住在这里的植物人，家属送来的时候，就已经签了不抢救承诺书，如果病危，家属放弃抢救。

赵春丽来这里工作这段时间，植物园里死了三个植物人，植物园就直接送去火化了，骨灰留在这里，等着有朝一日家属来取，但这些骨灰盒一直放在这里落灰，没有一个人来取。

这些植物人被送到这里的一刻，他们和人间的牵连就已经断了。

赵春丽跟她照料的植物人没感情。她从来不会因为哪个植物人死掉了而伤心，有人死了，她干净利落地换床单，把空出来的床收拾好，等下一个植物人住进来。

可能也正是因为这样，赵春丽才能在这里干这么久，一直没换过工作。

张道长和老李头挽留赵春丽。

赵春丽说,让我留下也行,三个月的工资,每个月一千五百块,你们先垫付,等要到了钱,你们就扣掉。否则的话,我就得走,我有个姐妹,在城里足疗店给人洗脚,听说一个月能挣四五千,我想去试试。

张道长和老李头无奈,两个人一商量,一人一半,先垫付了赵春丽一个半月的工资,并且承诺,一个月之后,再付另一半。

赵春丽想了想,答应了。

张道长和老李头首先想到的是找政府。

去了镇政府,镇长热情地招待了他们,还没等他们开口,就跟他们讲了讲最新的宗教政策。

张道长和老李头听得直打哈欠。

等镇长好不容易说完了,张道长和老李头,一唱一和地讲了现在植物园的困难。

镇长听完了,眉头深锁,对张道长和老李头的精神给予了鼓励,也承诺他们,一定想办法帮他们找资金,请他们先回去等消息。

张道长和老李头回去等了一个礼拜,等来了一个慰问团。

慰问团的主要成员是洗马镇小学的孩子们。

镇长说,要从小对孩子们普及爱心教育。

孩子们叽叽喳喳地给整个植物园健在的十六名植物人，表演了一下午的节目，有唱歌，有舞蹈，有诗朗诵。

镇长也加入其中，和孩子们一起表演，当地电视台的记者，一直扛着摄像机跟拍。

最后，镇长带领着孩子们，在植物园和植物人们拍下一张合影。

眼看着镇长要走，张道长和老李头也顾不上客气了，拉住了镇长，问，钱的事儿有眉目了吗？

镇长握紧了他们的手，说，我这不是正在想办法吗？我为什么要带着学生们来慰问，就是要拿这些材料，去城里给疗养院找钱。你们就放心等消息吧。

张道长和老李头送走了镇长，回来打扫孩子们留下来的一地垃圾。

老李头说，这么等下去，什么时候是个头啊？植物人每天也要吃饭，每天都有花销啊。

张道长说，还有一个办法，就是找到这些植物人的家属要钱，他们应该缴费，不缴费就把植物人还给他们。

老李头想了想，说，这个办法好是好，但他们要是不承认这是自己家的植物人怎么办？

张道长声音大了起来，不承认，他敢，这么着，我们索性带着植物人上门，要是家属不认，我们把植物人扔下就跑。这样植物园至少少几张嘴吃饭。

老李头一咬牙，好，就这么办。

九　带着植物人去讨债

张道长和老李头从十六个植物人中，选了一个最瘦也相对健康的植物人沈福宽。

瘦是因为好搬动，健康是担心半路上植物人出问题。

毕竟这些家伙常年卧床，要说活着已经死了，要说死了却还活着。身体也非常脆弱，要不是实在没办法，张道长和老李头也不会出此下策。

两个人在资料室里翻出来当时沈福宽入院的资料。

这个沈福宽有两个儿子、一个女儿，家庭条件都还不错，只要找到他们中的一个，事情就好办，至少让他们把欠疗养院的费用还上。

张道长提出直接开着家里之前拉鸡的三轮车去，三轮车上放一张床，让沈福宽睡在床上，夜里要是没地儿住，张道长和老李头就和沈福宽一起挤挤。

事不宜迟，老李头和张道长驾驶着三轮车，车斗里睡着沈福宽，三个人浩浩荡荡地上路了。

三轮车开到城里,被交警拦下来,交警看着他们可疑,以为他们是拐卖人口的。

张道长和老李头一通解释,出示了各种证件,一唱一和地说明了来意,听得交警有点敬佩,放走了他们。

按照沈福宽后代留下来的地址,老李头和张道长抬着沈福宽,上了楼,敲开了沈福宽大儿子沈大忠的门。

开门的是沈大忠的媳妇。

说明了来意,沈大忠也探出头来,打量了沈福宽一眼,跟张道长和老李头说,这是我前父亲。

张道长和老李头都愣了,有前妻,前夫,前女友,没听说过有前父亲啊。

沈大忠说,这么跟你们说吧,这个人好好的时候也没管过我妈和我们几个孩子,我妈早就和他离婚了,他出了事,我们是看在我妈的面子上,才凑钱把他送进疗养院的。该尽的责任我们已经尽了,以后沈福宽的事儿跟我们都没关系了。

老李头和张道长面面相觑,问沈大忠,他毕竟是你亲爹,你不管,不合适吧?

沈大忠苦笑,觉得两个老头不可理喻,我不跟你们说了吗?这是前父亲,前爹,你会给你的前女友养老吗?

老李头和张道长都说不出话来了。

沈大忠说，你们就看着处理吧。要是你们敢扔这儿，我就报警，告你们碰瓷，这监控都拍着呢。

说完，门就关上了。

老李头和张道长抬着沈福宽出来，两个人都不知道该怎么办。

两个人和一株"植物"，开着三轮车经过垃圾桶，老李头看着垃圾桶上写着"可回收垃圾"几个字，满眼羡慕，要是这个人也能回收利用就好了。

张道长说，别扯这些没用的了。

老李头说，那你说什么是有用的？

张道长想了想，说，要不送庙里，现在庙里都有钱。

老李头有点为难，庙里，可是和尚跟我们都不是一个系统吧？

张道长说，咋不是一个系统？不都是普度众生吗？有什么分别？

老李头点点头，那就试试，十六个植物人，每个庙里送一个，全国这么多庙，用都用不完。

三轮车在大常寺门口停下来，两个人抬着沈福宽往里走。

庙里的游客都看他们。

经过菩萨像，张道长说，要不拜拜？

老李头说，理论上我不能拜。信仰不允许。

张道长皱眉头，你怎么还有分别心呢？现在开放了，谁都得有国际视野，你敢说你的上帝，我的无上太乙救苦天尊，这里的佛陀和观音菩萨，他们就不互相访问？

老李头哈哈一笑说，开阔，你牛鼻子还挺开阔。

两个人抬着沈福宽，在观音菩萨面前拜了拜，就算是打了招呼，这毕竟是菩萨的地盘，希望菩萨保佑，庙里能把沈福宽留下来。

他们找到了大常寺的住持，住持戴着眼镜，端详着沈福宽，沈福宽也眨着眼睛，看着他。

住持正要说话，沈福宽突然就便溺了，老李头和张道长有些尴尬，两个人轻车熟路地给沈福宽换了纸尿裤。

老李头连声道歉，实在对不住，憋了一天了。

张道长说，这个沈福宽吧，除了是个植物人，没啥别的毛病，能吃能喝也能拉，我们也是实在没办法了，能解决一个是一个，你看看沈福宽能不能留在庙里，把头剃了。

张道长眼神恳求地看着住持，近乎央求。

住持还没说话，突然间庙里面一阵嘈杂，张道长和老李头看出去，庙里涌进来一窝蜂的记者，个个都带着长枪短炮，看准了住持，就扑上去。

住持应接不暇，眼镜都被镜头和话筒怼掉了，整个人被记者们淹没。

张道长和老李头以及沈福宽被晾在一边。

张道长拉着一个没能挤进去的记者问，这咋了啊？

记者身材矮小，因为拍不到画面急得一直在蹦高，这时候很不耐烦，扫了他们一眼，问，九十五页的 PDF 举报信你们没看？

张道长和老李头都愣了，啥屁地爱抚？啥举报信？举报谁？

记者无奈地摇摇头，从自己背包里掏出来一份打印稿，扔给张道长和老李头，说，给你们开开眼界。

老李头和张道长看完，面面相觑，这时候，"哇"的一声，沈福宽吐了一地秽物。

两个人再一次落寞地离开，一路上谁也没有说话。

走在路上，老李头打量着每家每户的门口，跟张道长说，要不这样，不是经常有人把婴孩放在别人家门口吗？我们把沈福宽也放人家门口如何？毕竟好心人还是很多的。

张道长冷笑一声，胡呲！就算收养也是收养婴孩，谁会收养一个植物人？

老李头说，那也不一定，收回去当盆栽养不行吗？听说城里人都喜欢养发财树。你看看沈福宽，跟盆栽有啥区别？

张道长哭笑不得，说，区别大了去了，盆栽能制造氧气，沈福宽只能制造二氧化碳。一个造福地球，一个消耗地球。

老李头也只能苦笑。

两个人看着沈福宽，沈福宽眼睛眨着，似乎也在看着他们。

十　道长和玛利亚坐在山顶抽烟

老李头和张道长铩羽而归。

赵春丽看到他们俩又把沈福宽抬了回来，叹了口气，回屋就开始收拾行李。

老李头和张道长气还没有喘匀，看到赵春丽要走，两个人一先一后扑过去，一个跪在地上，一个拦在门口，央求赵春丽，你莫走，你要是走了，这些植物人谁照顾啊？

赵春丽看看他们，叹气，语重心长地说，要我说，你们也别管了，反正这里面都是植物人，放个一年半载，这里真的就长出植物来了，尘归尘土归土嘛。你看看这里面的十几个人，他们这样也能算活着吗？不如从哪儿来回哪儿去吧。你们说呢？

一番话说得老李头和张道长都呆住了。

赵春丽说，剩下的工资我也不要了。知道你们俩都是好人，我去求你们，也是给你们找麻烦。你们虽然是神的代理人，但终究不是神。就算是神，有些事儿也管不了。你们也别为难自己了。

赵春丽指了指里面，又说，我给他们每个人都挂上了葡萄糖，每天打五分钟，能打一个月，你们要是现在没想好，就等一个月，一个月总能想明白。这事儿就算你们办不成，你们的神也不会怪你们，真的。这些植物也不会怪你们，他们不会怪任何人。

老李头和张道长都说不出话，赵春丽也不再多说，拉着箱子就走了。

张道长和老李头走出来，往疗养院背靠的山顶上爬，爬到山顶，找了个地方坐下来。

老李头说，你说镇上给拨的款什么时候能到？

张道长说，等等吧，政府总不可能不管吧。

老李头说，植物人虽然前面有个植物，可后面也还有个人呢。

张道长没再说话，点了两根烟，递给老李头一根，点上。

太阳正往下沉，很快就落到了两个人背后，光芒抚摸人间，老李头和张道长连同山峦一起，都被镀上一层光，看起来像烧着了一样。

张道长说，你再给我唱一段梆子吧。

老李头抽了两口烟，扯开了嗓子唱：

　　这小孩是圣灵造，借着他娘胎到地下。代世人偿罪孽，就是以马内利弥赛亚。这本是上帝的旨，你休要怀疑玛利亚……

飞翔马戏团

丁福顺七十五岁那年,决定亲手解放一个动物园。

一到黄昏,这座城市的天空就会出现形状古怪的云,丁福顺仰起头,眯眼看,喃喃一句,明天又要下大雨了。

此刻,丁福顺藏身假山掩映的灌木丛里,忍受着蚊虫叮咬,等游客逐个散去,暮色笼罩动物园,他就要摸出来,先翻进猴山,偷出那只惨遭猴群遗弃,病歪歪、抢不到游客投喂食物的灰猴子。

为了不让灰猴子发出声音,他提前准备好了奶瓶。

然后他摸进马圈,用随身携带的老虎钳开锁,偷出那匹已经在动物园服务了大半辈子,如今老得眼睛都睁不开的斑马。

接下来,还要从笼子里引诱出那只因为学了满嘴脏话,不适合儿童接触,而几乎被动物园遗忘的金刚鹦鹉。

这些都好办,即便它们消失了,管理员也未必能及时发现。就算发现了，象征性地找一找也就不了了之了，毕竟病猴子、老斑马和脏嘴鹦鹉如今除了吃喝拉撒，已经不能为动物园带来太多收入了。

麻烦的是那两头老虎，它俩从生下来就被关在笼子里供人观赏，野性早已经消失殆尽。

前段时间，动物园表演老虎吃活鸡时，两只老虎扑腾了半天也没能逮住那只祖先灵魂附体、飞来飞去、洒落漫天鸡毛的鸡，最后鸡变成飞鸡，飞出假山，钻进树林不见了。

游客们对两只森林之王很失望，有个小朋友还把吃了一半的烤地瓜砸向了老虎，老虎接过来吃了，伏在石头上，懒洋洋地晒太阳，观看太阳底下观看它的人群。

大象当然也是个问题。

这头大象从非洲漂洋过海来到中国，中间几经倒手，身上伤痕累累，最后一个主人索性把大部分象牙锯下来，卖掉。

动物园以三分之一的价格买下失去大部分象牙的大象，但又觉得不是那么回事，没有象牙的大象，看起来不像大象。

最后还是园长灵机一动，找了木匠，给大象断裂的象牙上，箍上两只假牙，喷上白漆之后，如果不仔细看，根本看不出来是假的。

这头大象胆子太小，但凡见了人，总是忍不住前腿下跪，跪下了，一时半会儿就起不来。

名叫麒麟的长颈鹿就更麻烦，目标实在太大，三里之外都能看到它的脑袋,而且长颈鹿、老虎和大象,是现在已经入不敷出的动物园唯一的亮点了,它们要是丢了,动物园一定立马发现。

天黑下去,丁福顺摇摇头,虽然这已经是他第十一次潜入动物园进行偷动物演习,但他还是没能找到更好的方法。

丁福顺翻墙溜了出去,远远地还能听到动物们的呼吸声。

丁福顺是个奇人。

镇上的人说起他,总是伴随着许多传闻,这些传闻大都来自他自己添油加醋的描述。

传说中,丁福顺是狸猫变的,有九条命,不过现在就剩下一条了。

如果他恰好开心,他会告诉你,他某一条命丢在什么地方。

我有一条命,丢在了亚马孙丛林。

当时我是大马戏团的驯兽师傅嘛,跟着马戏团去了拉丁美洲。马戏团在一条河边安营扎寨的时候,我跳进河里洗澡,不知道怎么回事儿,河里的水突然就沸腾起来,冒着热气,整个林子都被热气给吞了,我就看着大大小小的鱼反着肚皮漂上来,虾和螃蟹被煮成一身通红,河里所有活物都被煮熟了,整条河就成了一锅火锅。当地村民成群结队拿着碗筷和调料赶到，直接坐在河边，张嘴就吃。我爬出来的时候，浑身血红，像是被剥了一层皮，没有人注意到我，但我自己知道，我又丢了一条命。

漂泊了大半辈子，丁福顺回到家乡小镇，跟他一起回来的，还有他老伴儿，李阿兰。

丁福顺推着轮椅上的李阿兰出现在小镇上的暮色里，几乎没有人认识他。

除了乡音，他自己什么都变了。小镇倒是没怎么变，经济高速发展带走了小镇上绝大多数年轻人，却没有给小镇带来实际的好处，如今留守在这里的，只剩下老头老太太，除了孩子们回来过年热闹一点，其余时间整个小镇都老态龙钟，发出苍老又腐朽的气味。

但丁福顺自称走遍了大半个地球，最终还是觉得故乡好，祖坟在这里，老和死也应该在这里。

因为年轻时漂泊异国，丁福顺的户口早已经不知道落到哪里去了，镇上没办法给丁福顺和李阿兰落户，更没法让丁福顺和老伴儿享受低保。

瘫痪的李阿兰患有尿毒症，每个月都要去镇上的医院做透析。透析、吃药、治疗、营养品，掏空了丁福顺攒下来的原本就不多的棺材本。

丁福顺向镇上求助，镇上有实际的困难。

为了让丁福顺相信，镇长亲自带着他去参观了镇上困难户中的佼佼者。

阿七和阿八被镇上的居民称为"双头蛇"。

父母生下他们时，他们就是连体婴，原本的龙凤胎成为一对怪物，一侧的手脚长在一起，呈现出一副狰狞模样，让人都没法伸手去抱。

费尽九牛二虎之力，终于把他们生下来的母亲，看到他们的刹那，吓得晕死过去。

他们没有得到父母的命名，就被父母遗弃在垃圾堆里，翻找垃圾的李老太找到他们时，一对新生儿已经奄奄一息，蛆虫在他们身上肆无忌惮地爬来爬去。

被儿女从老宅里赶出来的李老太收养了他们，给他们取名阿七和阿八，名字越简单，就越好养。

李老太带着他们住在窝棚底下，靠着捡来的垃圾，拉扯他们，训练他们站起来，学会走路、做饭，学会不别扭地上厕所。

李老太含笑离世，阿七和阿八挣扎着活下来，慢慢也就习惯了路人对他们的指指点点。

女人阿七沉默寡言，从不多话。

男人阿八练就出一双野兽般的眼神，这是他唯一能保护自己和姐姐的武器。

丁福顺看到阿七和阿八从屋子里走出来，像是两人三脚跑，两个人配合默契，挡住了丁福顺和镇长眼前的光。

丁福顺忍不住多看了几眼，阿七和阿八其实都不丑，要是生下来就做个连体婴儿分割手术，说不定现在两个人都能各自过上正常人的生活。

从"双头蛇"家里出来，镇长又带着丁福顺去了秦老黑家里。

昏暗的灯光里，要不是眼白和牙齿提醒，丁福顺和镇长都看不见秦老黑。

秦老黑身高两米以上，跟丁福顺在南非见到的黑人同祖同源，只是他操着一口流利的镇上方言，是正儿八经的中国人。

秦老黑生下来就没见过父亲。

他妈告诉他，他爹从地底下来，又回到地底下去了。

所谓的地底下就是地球的另一端。

好在秦老黑他妈没有抛弃他，尽管秦老黑身患巨人症，让他从小看起来就像是一根电线杆。

秦老黑进屋总要弯下腰，不然会把屋顶戳出窟窿，他从小就只能睡在地下，头在卧室，脚还露在院子里，有时候一只鸡上半夜啄秦老黑的脚心，天快亮的时候，秦老黑才能感觉到疼。

镇上的人发现了秦老黑是个小巨人，就劝他去打篮球，可惜秦老黑走路都晃，从小到大不停摔跤，镇上铺水泥路的时候，秦老黑每一次摔倒，都在还没有干透的水泥地上摔出人形。久而久之，打夯机要是坏了，就有人找秦老黑帮忙。秦老黑摔出了经验，修长双臂保护脑袋和脸蛋，只有肘关节上长出厚厚的茧。孩子们的风筝缠在树上，都会跑来找秦老黑，秦老黑摔几个跤之后总会及时赶到，帮孩子们取下风筝，孩子们欢天喜地地去了，还不忘嘲笑秦老黑的高和黑，给他取外号叫"摸着天"。

秦老黑能不能摸着天，他自己也不知道，不过倒是有一次下大雨，秦老黑往回走，经过一棵树，脑袋从树丛里钻出来，此时一道雷恰好劈下来，劈到了秦老黑脑门上，除了留下一个疤之外，秦老黑并没有觉得有什么不舒服。

镇上人都啧啧称奇。

这一天见到的最后一个人是花花。

花花被一条铁链锁着脖颈，锁在柱子上，正在用磨刀石磨牙。

花花瘦得不成样子，低矮的房子里，从桌椅到屋梁，都留有她的牙印。

父母像是展示珍稀动物一样，给镇长和丁福顺介绍花花。

花花生下来就吃不饱，吃奶的时候，吃到她妈流血水。

长大以后就更不得了，正常吃饭肯定是吃不饱了，后来就发展成见到什么张嘴就咬。有一年，她爸砍了一棵老槐树回来，打算用来烧火，第二天早上，老槐树被花花吃了个精光。这屋子也被她吃垮过一次，就那根房梁，硬是被她啃了。只能锁在水泥柱子上，水泥她咬不动。

丁福顺还要往里走，被镇长拉住。

花花的父母说，别往里走了，再往里走，我怕你们就只能剩下几颗牙。

走在街上，镇长没有多余的话，只是拍拍丁福顺的肩膀。

丁福顺会意，他没有想到，在谁比谁更贫穷的攀比上，自己竟然莫名其妙地收获到了幸福感。

镇上唯一给予丁福顺的照顾就是，批准他和李阿兰住进年久失修，传闻要拆迁，传了七八年也没能拆掉的一排平房中的一栋。

幸亏丁福顺一身本事，手巧，修修补补，家里倒也收拾得窗明几净。

两个衰老的人瑟缩在老屋里，夕阳余晖还带着一点热，洒在丁福顺盖住李阿兰腿脚的毛毯上。

久被疾病折磨的李阿兰，看着眉头深锁、正为了她和生活发愁的丁福顺，开了口，让我死吧，活着也没意思。

丁福顺反倒笑了，擦去李阿兰嘴角流出来的涎液，说，大多数人活着都没意思，但大多数人都活着。宁在世上挨，不在土里埋。你放心，我有办法，不就是挣钱嘛！

丁福顺给自己印了名片，名片上写着"民间老艺人"。

丁福顺挨家挨户发名片，告诉他们，他年轻时跟着大马戏团走南闯北的种种经历，让他长了一脑子见识，学会了一身子本事。

丁福顺说，可你们都困在小镇上，进城的机会都很少，没能看到我看过的那些神迹，我想给你们看。我有没有说过，我有一条命丢在了印度洋的游轮上？

我们马戏团在游轮上给来自五大洲的游客表演，马戏团大巫婆有一个保留项目叫"起死回生"。

奈何那天配合她表演的小孩吃坏了东西，闹肚子，一直拉个不停。表演就要开始了，没办法，他们就让我上。

我钻进一个没有底儿的桶里，挡住我那小东西，还没反应过来，就觉得肚子痒痒，我低头一看，你猜怎么着，我双手拎着桶，桶底下空空如也，再一看，我的下半身自己跑了……

老朽的镇民们除了等死本来也没什么事儿可以干，架不住丁福顺的央求，又的确对这个走南闯北，去过地球另一端的老丁好奇，就三三两两凑在了丁福顺的院子里。

丁福顺在院子里，扎起来一个三米多高的"非"字型刀山，刀片子白晃晃的泛着光，在众人将信将疑的目光里，丁福顺把一撮头发放在刀刃上，一吹，头发断了，说，这就叫吹毛即断。

丁福顺说完，就脱了汗衫，踢掉了鞋，在一声迭一声的惊呼中，一把刀一把刀地攀上去，众人仰头看着他，他已经攀上了刀山顶端，从云层里探出头的太阳，给他苍老的身躯镀上一层金光。

丁福顺趁热打铁，又表演了下火海，吞宝剑，喷烈火。

要不是喷烈火的时候，不小心烧掉了一个小屁孩的刘海，丁福顺还要表演新的项目。

镇民们鼓了掌，终于确认这个老丁有真本事。

镇上出了个民间老艺人。

丁福顺的威名传扬开去，吸引了城里的记者，电视台记者扛着摄影机来找丁福顺，丁福顺当着摄影机的面，表演了胸口碎大石、脖颈绕钢筋、生吃电灯泡。

奇人啊，奇人。

电视台的记者感叹，心里已经开始在写稿子。《高手在民间，奇人丁福顺刀枪不入》。

丁福顺上了电视。

在小镇上，上过电视是一件了不起的事情。

上了电视就会拥有某种神力，镇上家家户户都能说出一两件丁福顺的奇闻。

丁福顺的名字惊动了镇长。

镇长亲自来看望丁福顺。

丁福顺表演了绝活儿之后，又向镇长说起自己奇绝的经历：

亚马孙丛林深处有一个小部落，人走进去只要一开口说话，天就会下雨，部落都是食人族，我撒尿的时候不小心闯进去，就被他们抓起来，要烧烤我。我一直唱戏，天就一直下雨，他们点不着火，最后就把我给放了。

可我走出去的时候，回头看，明明看见他们围着火堆在吃着什么……

镇长笑吟吟地表示对丁福顺的故事深信不疑，嘱咐丁福顺，镇上正在招商引资，你有绝活儿，再好不过了。这样我们镇上就有特色了。

丁福顺趁机说，我有个想法，我想在镇上开一个马戏团，镇上有了马戏团，就更有特色了。

镇长鼓励丁福顺，老人家有抱负，我们当然要支持。只不过镇里经费紧张……

丁福顺拍胸脯，镇上一分钱不用出，给我一个月，我把马戏团开起来，记者来采访，上电视，镇上出了名，镇长就可以招商引资。我唯一的条件，就是希望我和老伴儿能在镇上落户。

镇长热泪盈眶，充分肯定了丁老人自主奋斗、落叶归根的精神，答应下来，并亲切地和丁老人合影留念。

马戏团，要有小丑逗大家伙儿笑，空中飞人拉着红绸子在半空中荡来荡去，怪人长出三头六臂，猴子骑着独轮车，长颈鹿接受仰视，老虎驮着美女，大象表演跳舞，斑马五颜六色，还要有一支能制造出巨大声音的乐队。

但现在，整个马戏团只有丁福顺自己。

所以，丁福顺才动了要盗窃动物园的念头。

可惜经过十一次各种方法的演习，还是因为难度太高而不得不放弃。

思前想后，丁福顺决定把最难的部分，先往后放放，先解决眼下的问题。

丁福顺带着李阿兰做透析，看着老伴儿的血液流出来，进入机器，过滤掉杂质，又流回到身体，像某种魔法。

丁福顺把李阿兰记忆的渐渐丧失归咎于这台透析血液的机器，它过滤杂质，也过滤掉记忆。

李阿兰忘记了自己年轻时去过哪里，忘掉她和丁福顺早夭的孩子，总有一天，她会忘掉丁福顺。

怀着这种恐惧，李阿兰每一次透析，丁福顺都不厌其烦地讲述两个人年轻时的经历，即便有些已经重复过许多遍。

丁福顺不知道李阿兰能听进去多少，但他心底里也不反对李阿兰遗忘的本事，甚至还有些羡慕，对于经历过困苦的人来说，遗忘是一种疗伤。

回到镇上，从公交车上下来，丁福顺推着李阿兰经过一支送葬的队伍，招魂幡被风扯动，猎猎作响。鼓乐队吹动唢呐，孝子贤孙披麻戴孝，在哭丧者的带领下，发出唱戏般的哭声，向世人宣告亲属的死亡。队伍抬着纸扎的童男童女、二奶、骏马、汽车、冰箱，甚至保险柜，这些老人生前都未必用过的东西。儿女们希望生前勉强活着的老人在另外一世界过上堪称奢侈，甚至腐败的生活。

人一旦老了，就害怕见到送葬的队伍，整个队伍对于他们来说，就像一个不久就会实现的预言。

李阿兰面色平静，倒是丁福顺忍不住多看了几眼，尤其是鼓乐队手里的乐器。

丁福顺拍拍李阿兰的肩膀，说了句，马戏团的乐队有着落了。

丧葬改革之后,政府要求丧葬一切从简,除了子孙,其他人不穿白衣,不使用鼓乐队。

鼓乐队面临失业,他们为了死去的人吹拉弹唱了大半辈子,送他们热热闹闹地走。如今失业之后,一时间不知道要做点什么糊口。

直到丁福顺邀请他们加入马戏团。

只是他们习惯的曲目要换一下,他们还有不到一个月的时间,练习丁福顺给他们的谱子。

马戏团有了乐队,丁福顺一下子看到了希望。

他决定招募新的成员。

首先加入马戏团的是双头蛇,阿七和阿八。

尽管一开始阿八激烈反对,说像他们这样的人,从生下来开始,收获的嘲笑已经足够了,为什么还要丢人现眼去换更多嘲笑?

"就这样活到死"就是阿八活着的所有追求。

丁福顺抽了根烟,说,没死不叫活着,既然活着就应该活出点意思来。

一直沉默不语的阿七却突如其来地开了口,我们去,到了台上,我们能被正眼看。

然后是秦老黑。

秦老黑就想证明一件事,我不是我黑鬼老爹爽完的副产品,我身子高,魂儿也不矮。

最后是花花。

花花父母巴不得有人接受这个遇见什么就吃什么,饿死鬼托生的女儿。

丁福顺答应让花花吃饱,只要表演成功,花花以后吃饭就是表演,表演就是吃饭。

马戏团初具规模,现在就缺动物们了。

盗窃动物园的念头只能放下,丁福顺煞有介事地告诉阿七、阿八,秦老黑和花花,我还有个"造畜"的本事。

他们问,什么叫造畜?

丁福顺说,我没跟你们说过吧,我有一条命丢在了老林子里。

年轻时,丁福顺跟着的大马戏团要自己解决吃饭问题。

要是安营扎寨的地方有树林,男人们就拿着猎枪去打猎。

丁福顺跟着队伍去老树林里打猎,队伍围住了一只山精。

山精是一种妖怪,她长着老虎一样的身体,却有女人的脑袋和乳房,尤其是一双大眼睛,忽闪忽闪特别唬人。要是青壮汉子在山里遇到了山精,被她那双大眼睛一看,三魂六魄立马就丢了一半,从此以后就被山精控制,帮着山精引诱过路的行人,吃他们的心肝,山精还会跟汉子生下半人半兽的孩子。

队伍都吓坏了,不由分说就开枪,谁知山精狡猾,钻进灌木丛里不见了。队伍里都是好枪手,有的是胆子,一定要找出山精给大家伙儿打牙祭。

丁福顺只好跟着他们一起找,越往林子深处走,雾就越深,丁福顺和队伍走散了。

眼看着天黑了,丁福顺怎么也走不出林子,就钻了个山洞,想着躲一宿,天一亮再走。

刚要睡着,就听见有笑声,丁福顺睁眼一看,那只山精正和他脸贴着脸,笑得正开心。

丁福顺要跑,却被山精死死拉住,山精口不能言,前爪却指着自己的脖颈让丁福顺看,丁福顺看过去,从山精脖子里拽出一个长命锁。

丁福顺愣了愣,你是人?

山精点头。

那天晚上,山精用前爪在丁福顺手掌里写字,告诉他,哪有什么山精?我本是个良家女子,走娘家在林子里迷了路,怎么走也走不出林子,眼看着就要饿死了,一只老虎救了我,我不知道怎么就能看懂老虎眼睛里的意思,它说,它就要死了,不如把身子借给我,这样我才能活。

我没有办法，只好答应下来，第二天醒来，老虎不见了，我就看见自己的下半身成了老虎的样子……

丁福顺听完倒抽一口凉气。山精继续写字，你留下来陪着我吧，别走了，外面也没什么好的。

丁福顺提出了自己的条件，我送你一条命，你放了我。

山精想了半天，同意了丁福顺的要求。

丁福顺说完，告诉大家，我从山精那儿学到的，就是造畜之术，你们就好好训练，动物的事儿，交给我，没有动物我自己造。

所有人都将信将疑地看着他。

丁福顺忙着造畜，还要把自己年轻那会儿在大马戏团学到的本事，教给阿七阿八、秦老黑和花花。

这时候，又一次做完透析的李阿兰已经忘记了自己的名字，也忘了自己从哪里来。生命的灰烬在她身上微弱地燃烧，甚至经不起一场雨。

李阿兰趁着自己还记得丁福顺，半夜叫醒他，要他带自己去院子里看看星星。

丁福顺指给李阿兰看天上的星座，李阿兰眼睛里只有一点点光亮，她言简意赅地说，我还想飞。

丁福顺没有回答，只是握紧了李阿兰的手。

丁福顺听说，有些星光传到人眼睛里要经过几千几万年，星星在发出这道光之前，可能已经熄灭了，这些光就是星星的魂。

星星只要活着就一直发光，丁福顺也想发出自己的光。

超强台风"青鸟"从西北太平洋赶来，登陆浙江那天，丁福顺要带李阿兰去透析。

这一次，丁福顺没能叫醒李阿兰，他看着李阿兰面色安详地沉睡，怎么叫也不肯醒来，丁福顺怔在当地。

等到李阿兰从身后拍他肩膀的时候，丁福顺腿已经麻了。

李阿兰恢复了年轻时候的模样，穿戴整齐，背着一个红绸包袱，对丁福顺说，我先走了，你好好的。

说完就脚步轻快地走出了门，丁福顺一瘸一拐地追出去，只看到李阿兰的背影混入了晨雾，只有那个红绸包袱在晨雾里有一丝醒目。

李阿兰原本就单薄的肉身化成更单薄的一捧飞灰。

大多数人对丁福顺的安慰都千篇一律，节哀顺变，走了好，走了就不用受苦了。

丁福顺接受了众人的好意，只是轻描淡写地说，活着是苦，但苦也是活着。活着本身不是目的，活着的人应该发光，要么照别人，要么照自己。

大家听不懂丁福顺在说些什么。

阿七、阿八、秦老黑和花花问丁福顺,马戏团还开不开?

丁福顺抚摸着李阿兰的骨灰盒说,开,当然要开。

到了约定日期,镇民们齐聚在广场上,镇长也来捧场,与民同乐。

电视台的记者们架好机器,捕捉马戏团首演的盛景,还要定时捕捉镇长的表情。

鼓乐队齐声奏乐,点起来的艾草散发出浓烈的烟雾,给整个马戏团制造出一种迷幻氛围,顺便还能给前来观看的老人治疗一下风湿。

鼓乐队用唢呐、锣、笙、笛子、鼓,演奏出一种谁也没有听过的音乐,只是听丁福顺说,以前他跟着大马戏团的时候,乐队演奏的就是这首曲子,名字叫《巡逻兵进行曲》。

乐曲和烟雾中,秦老黑抱着一棵树从烟雾中探出头来,如同置身云端的神灵,他挥手跟观众们打招呼。曾经给秦老黑取外号叫"摸着天"的孩子们,在这一天见证了秦老黑真的能摸着天。

秦老黑怀里抱着树,充当他的拐杖,让他从容游走,不至于跌倒。云雾围绕着他,丁福顺放出鸽子,鸽子们从秦老黑胸口飞过,让他显得更为高大,像通天的力士。

花花穿着粉色裙子攀上秦老黑抱着的老树,每爬上一段,就把身下的部分吃掉,吃得飞快,花花就像啄木鸟一样,一路向上,吃得欢快,叶子掉落,木屑飞溅。

花花一路吃到树冠才停下来,秦老黑高举双臂,把残余的树冠举起来,直入云端,花花就真的像一只鸟一样,在树冠上俯视众生。

观众们都惊呆了,拼命鼓掌。

花花的父母从没想过一直被当成怪物的花花现在会赢得人们的掌声,也跟着拼命鼓掌。

阿七和阿八从烟雾中闪身出来,穿着奇怪的衣服,跳起了镇民们只在电视上见过的芭蕾舞,他们两个人配合默契,跳得足够难看,引发一连串笑声。

鼓乐队一曲奏完,换成了另外一首《动物狂欢节》。

丁福顺打扮成小丑的模样,脸上悬挂着巨大的微笑,骑着独轮车,率领动物们出场,展示他的造畜技术:

斑马是用白马画出来的。

耕牛装上一根长长的鼻子,客串大象。

一群流浪猫涌出来,每一只脑门上都写了个"王"字。

一条狗头顶上戴着双角,身上贴满鳞片,化身麒麟瑞兽。

镇民们被眼前的一幕震惊得说不出话来，记者的摄影机捕捉到了镇长脸上难看的表情。

所谓的马戏团在假冒伪劣的动物们登场之后，成了一个笑话。

镇民们从震惊中清醒过来，爆发出更加肆无忌惮的笑声，连花花父母也笑得上气不接下气，有人笑掉了假牙，有人笑得引起面瘫，还有人笑得下巴脱臼，不得不猛抽自己以求复位。

笑的声浪让阿七、阿八、秦老黑和花花都不知所措，只有动物们完全不解其意，我行我素，玩耍，叫嚣，便溺。

除了镇长，镇民们从来没有笑得这样开心过，以至于笑声根本停不下来，尽管有人笑得心肌缺血，滚落在地，仍旧无济于事。笑声像传染病一样，你传我，我传你，最终连觉得丢人的镇长也忍不住笑得滚落在地上打滚，记者笑得摄影画面颤动。

笑声中，远道而来的台风"青鸟"，终于赶来，它经过小镇时化成一卷飓风，沿路捡拾树干、门框、纸片、垃圾，抵达广场时，已经应有尽有。

笑得狂乱的人群还没有注意到飓风已经包裹了整个马戏团。

原本不知所措的丁福顺被飓风卷入垓心，看着动物们腾空而起，化身成真正的斑马、大象、老虎、麒麟。

阿七和阿八张开双臂，任由飓风给他们翅膀，他们飞起来，对望一眼，由衷地觉得快乐。

秦老黑在飓风中漫步，飓风中蕴含的闪电在他周身闪烁，让他看起来金刚怒目。

花花围着飓风三百六十度转个不停，张开嘴，遇到什么就吃掉什么。

飓风中心的丁福顺从怀中取出一个红绸包袱，里面盛放着李阿兰的骨灰。

他蓦然想起当初在大马戏团，那个年纪轻轻、身子轻盈的李阿兰，扯着两条红绸，在半空中荡来荡去，洒落玫瑰花瓣，引发观众们一声迭一声的欢呼，就像降临凡间的仙女，对人间万物一视同仁。

年轻的丁福顺仰头看着她，觉得自己已经见识了人间盛景。

红绸断开，李阿兰从空中跌落，丁福顺第一时间张开双臂冲过去，却没能接住她。

李阿兰跌在地上，口鼻都流出血来，玫瑰花瓣撒在她身上，分辨不出来到底是哪里在流血。

大马戏团的游医下了断言，活不过三天。

大马戏团决定遗弃李阿兰，继续上路，丁福顺执意留下来照顾她。

那天晚上，丁福顺看着奄奄一息的李阿兰，在风雨中的异国他乡，向他能想到的所有神灵祈求，用我一条命，换阿兰一条命。

神灵们也许听到了丁福顺的祈求，李阿兰第三天果真活了过来，尽管脖子以下再也动不了，但意识仍旧清楚。她无法接受自己像一摊肉一样活着。

她绝食、咬舌，一心求死。

丁福顺阻止不了她，就问她，死前你还有什么心愿？

李阿兰想了想，说自己还想去别的地方看看。

丁福顺答应她，我带你去，看完你再死。

从那以后，丁福顺背着她，穿过丛林，穿过沙漠，坐上轮船穿越海洋，坐上火车蜿蜒向远方而去，在有海的地方看过日落，在有风的地方闻过草木香，在有雨的地方淋湿过衣裳和头发。

时间一长，虽然李阿兰没那么想活，但也没那么想死了。

丁福顺照顾她，她陪着丁福顺，坦然接受着时间洪流的洗礼。

等到两个人都垂垂老矣，丁福顺才带着李阿兰回到故乡。

丁福顺打开红绸，把李阿兰的骨灰撒入飓风，飓风会带她再一次飞向云端，化身风雨，从此抛开肉身束缚，想去哪里就去哪里。

风声呼啸。

镇民们这才从笑声中缓过神来，他们看着飓风中的马戏团，看着丁福顺在飓风垓心犹如神灵般撒落爱人的骨灰，被眼前奇景深深震撼，脸上嘲笑渐渐褪去，转而露出庄重的神色，情不自禁地觉得膝盖发软,忍不住逐个跪了下去,向着天空膜拜。

这也许是他们这辈子见过的最壮观的神迹。

飓风也成为马戏团的一部分,配合他们完成这场表演。

阿七、阿八、秦老黑和花花,还有那些动物们,都围绕着丁福顺,互相打着招呼,毫不惊慌,等着飓风中蕴含的闪电,给每个人每个动物都镀上一层光。

旋转的飓风带着马戏团渐渐腾空,越升越高,直入云端,消失不见。

镇民伏在地上不敢起来,目送飓风带着他们的惊叹离去。

台风过后,动物园里一片狼藉,猴群、老虎、大象、长颈鹿,还有脏嘴鹦鹉全都被台风带走。

此后七天,天空中不时有人和动物掉下来,阿七和阿八掉在河水中,秦老黑掉在一团棉花里,花花掉在一棵树上。

他们都安然无恙,眼神里却有了和以往完全不一样的光。

唯独不见了丁福顺。

不知道飓风把他带到了哪里。

也许他又回到了拉丁美洲深处的热带雨林,在那里成为一只老兽,继续他真假参半的人间传奇。

马戏团贡献了第一次也是唯一一次盛大的演出,从此消失不见。人们带着憧憬的眼神,用向往的语气,称呼他们"飞翔马戏团"。

人瑞

一 老高

年轻人总觉得老人随时会死去。

老人自己也这么觉得。

尤其是老到一百岁这一年,老高自己都觉得差不多得了。

老高自然也知道,所有人都在等待着自己死去的一天。

百岁老人的葬礼往往盛大得像一个节日。

孙子和孙媳妇早就打定了主意,要把老高独居的老宅卖掉。

如今海边小镇上高楼林立,拥有独门独院的平房,可以卖出一笔不菲的价格,足以用来给自己的儿子将来结婚准备一套大房子。

老高自己也在等,甚至还有些期待。

死后的世界究竟什么样,老高也想亲自去看看。

可最近发生的一件事又改变了老高的想法。

老高一百岁这一年,死去多年的妻子频繁出现在老宅里。

不过年纪总是变来变去。

天气好,妻子就是十几岁的模样。

当年老高遇上妻子时,她已经二十多岁,老高并不知道妻子十几岁时到底长什么样,但凭借相处多年的默契,他还是从小女孩眉目间认出了妻子。

十几岁的少女,光着脚跑来跑去,有时候追一只蝴蝶,有时候爬上树掏鸟蛋,有时候又爬上屋顶吹海风,眺望海边渔港。刘海被海风鼓荡,对着大海喊出没有意义的词句。

要是下雨天,妻子就变成了二十来岁,总是站在雨里,雨水似乎已经不能淋湿她,不过可能是因为传输问题,妻子的身形总是像素不高,透过她还能看到雨水织成斜线。要是妻子恰好涂了口红,口红的颜色倒是亮得很,就算阴天也格外醒目,像一只红蝴蝶,飞来飞去点亮老高黑白的老年生活。

老高很少看到妻子老去的模样,这也难怪,她本来就怕老,二十来岁时就希望自己四十岁之前死去,赶在胶原蛋白流失和乳房下垂之前。

现在摆脱了束缚,在时间之外,当然以自己最好看的模样示人。

老高想，现在她每天出门前都会挑选一个年纪，就像在衣橱前挑选衣服一样。

女人总擅长把自己打扮漂亮。

衣橱里妻子的衣服都在，现在已经成为盛放妻子气味的容器，不论什么时候，只要老高想她了，就打开衣橱，妻子身上的气味就扑面而来，不亚于一个拥抱。

妻子出现时，老高翻看旧相册，妻子也安静下来，依偎在他旁边，两个人沉默不语，一起检阅少年时光。

要是妻子高兴，就拉着老高一头扎进某一张照片里，就像两个跳水运动员。

有一张照片拍摄于高架桥上。

那天，他们一起开车上了高架桥，在上面转了两个多小时，结果走到一条断头路上，发现这条高架桥根本就没有修完，完全是一个烂尾工程。

当时老高气急败坏，妻子却觉得有意思，告诉他，这座桥就是凭空出现在这里，似乎来自另外一个世界，弄不好是个入口。

老高被妻子逗乐了，徜徉在妻子制造的幻梦里，好像真的去了另一个世界自驾游。

他们在张家界遇上一场大雨，两个人冒着雨爬上天波府，在山顶上抱在一起,向远处看,山峦尽收眼底,令人感叹人类渺小,此生漫长,也只有互相充当对方拐杖,才能走到生命尽头。下了山,找不到回民宿的车,只好寻了一个山洞躲进去,山洞不知存在了多少年月,堆满枯枝败叶,像个巢穴,两个人福至心灵,当场造爱,就此拥有了后代,那时候他们不会想到未来有一天生死会把他们分开。

有一张照片拍摄于杨树林。

他给她读关于杨树的诗歌,来自八岁的顾城:我失去了一只臂膀,就睁开一只眼睛。

他给她拍照。天空、山峦、野花不足以衬托她,他只好亲吻她,唤醒她双颊的红霞,为此处的大片风景添上颜色。

她眼神纯净,还带有一点不知从哪来的幽怨,看起来格外令人心动。

他们互相凝视,彼此都觉得已经拥有了最好的,再要什么都是贪婪。

还有一张照片拍摄于海上。

他们第一次出门远游,在一艘游轮上共度一个夜晚,半夜跑到甲板上,冻得瑟瑟发抖,两个人拥抱取暖,海风不得不绕开他们,直到两人见识了此生最漂亮的一轮月亮。

老高常常在相册里待一整天,忘记身后还有个人间。

有关于他和妻子的记忆,对他而言,过于珍贵,无法分享。

父母情事，对于儿孙们来说，不过是一桩遥远的旧闻，他们忙于生计，无暇他顾，也没办法感同身受。

老高很快就明白，这些记忆只有对他而言是珍贵的，也只有他这颗头脑，乐于记载一切。

如今虽然已经一百岁，但他还是想让有关于他和妻子的记忆存在得久一点。

人要是老到一定程度，会变成一个记忆容器，那些遥远的美好记忆储存在腐朽身体里，世间再无备份。

因此，他决定晚一点再死。

做了这个决定之后没多久，老高发现自己长出新牙，头发发根变黑，原本一双浑浊的眸子，也时不时透出一点婴孩般的光来。

老高觉得自己有了力气，路过洗头房时，还忍不住往里多看了几眼。

洗头房里的春丽，也已经老得不成样子了，涂再厚的粉也遮不住脸上的皱纹，笑起来粉会噗噗往下掉，像在下雪。

老高想不起春丽的具体年纪，但犹记得，当年她第一次来镇上，大概也就二十岁。

许多人来找春丽寻欢，春丽用一身青春，抚慰孤独和欲望，等比例换成钞票，寄回家乡，养育过早就生下来，不知道父亲是谁的孩子。

如今，春丽看上去已经和老高一样老。

也许，时间在每个人身上流逝的方式不太一样吧。

二 儿孙们

重孙子高声说，我亲眼看见的，太爷爷走路还能小跑。

孙媳妇说，爷爷头发根儿确实都黑了，头发比我的都多。

儿媳妇说，可不嘛，我给他送饭特意在里面放了一盘炒蚕豆，你猜怎么着？全吃了，嘎嘣嘎嘣的，都不吐壳。

儿子悚然，我爹他老人家真的要返老还童了？

老高身体上的变化，让儿孙们慌张起来。

传说，如果老人老到返老还童的程度，那就是在吸收儿孙们的寿命做养料。

儿孙们近来也的确诸多不顺。

儿子儿媳妇身体不好，三高。

孙子孙媳妇运势太差，做生意赔了个底儿掉，孙媳妇还被一辆外卖摩托撞断了小腿。

重孙子辍学之后，一直找不到工作，天天梦想成为一个网红。

经过一番商量,整个家族得出了结论。

归根结底一切问题都出在那个被他们称作父亲、爷爷、太爷爷的男人身上。

他实在活得太久了。

都说物老成精,人老成妖,老头这是成了老妖怪了啊。

孙子提议,我觉得我们应该劝劝爷爷。

儿子火了,劝什么?劝你爷爷早点死?

儿媳妇骂,你对孩子凶什么?我觉得孩子说得有道理。难不成你想让我们的寿命都被你爹吸走?

重孙子哭,我还不想死。

儿子眉头终于皱起来,劝,可怎么劝呢?

三 狸奴

平时大部分时间都是猫陪着老高。

老高从词典里翻出猫的古称,给小猫取名狸奴。

狸奴看着老高躺在躺椅上,面带微笑,微闭着双眼,听着儿孙们伸长脖子接力赛一样大喊:

爹,你看你活得也差不多了,是不是考虑早点享福去?

爷爷,您看您那些老伙计,都通情达理,早你十年走的都有。

太爷爷，你死吧，你死了我就能住大房子了。

狸奴不知道儿孙们在老高面前叽叽喳喳说着什么。
但狸奴知道，老高早在二十年前就聋了。
不过那只是在儿孙面前。

狸奴百无聊赖，替老高觉得烦，人类总是很烦。

等到儿孙们战败一样退走，狸奴一跃而上，跳上老高的大腿，享受着午后温煦的太阳。
老高身上原本因为腐朽而香甜的气味，现在渐渐少了，取而代之的，是一种生长的气息，跟狸奴在初春草地上闻到的一样。

老高从躺椅里掏出半盒香烟，点了一根，正要陶醉，狸奴却叫出声来抗议，老高又不知道从哪里掏出一根猫薄荷给了狸奴。

人和猫两不相扰，各自沉浸在属于自己的虚无里。

四 扎纸匠

老骡子扎纸的手艺是祖上传下来的。

原本人死了只需要扎箱柜、童男女，可近几年，花样多了起来。汽车、洋房、女人、电脑、冰箱，但凡人间有的东西，都有人想死后也有。

老骡子的生意好了起来，要是有老人扎堆死，他甚至都忙不过来。

老骡子年纪大了，眼睛花，手脚也不利索了，他希望老人们死得慢一点，让他喘口气。

老骡子见识了很多老人死去，有他认识的，也有他不认识的。

人一旦老到自认为也没什么用的年纪，对死就看得透了一些。

至于另一个世界有什么，其实没有人真正知道，老骡子扎了这么多东西，从来也没有收到过用户反馈。

但老骡子还是坚持用最好的手工，最好的纸张和竹子。赚死人的钱可以，但不能占死人便宜。

老骡子是个鳏夫。

镇上人表面上尊重他，但私下里没有人瞧得起他，对他避之不及。

毕竟他常常和死亡相伴，不吉利。

他常常出现在镇上口耳相传的鬼故事里，说他扎纸美人做媳妇，用坏了就再换一个。

有人声称夜里在老骡子家里看到年轻女人的身影。

镇上的人之所以称呼他老骡子，也是个蔑称，因为骡子不能生育，老骡子做了太多死人的生意，所以断子绝孙。

老骡子不在意这些，别人当面称呼他老骡子他也答应。

老高是他唯一的朋友。

他和老高聊天时，百无禁忌，可以互相侮辱、挑衅，甚至动动手，但用不了一根烟的工夫，他们又变成了好朋友。

老骡子说，怎么着，还打算活多久啊？

老高就骂老骡子，你个老牲口就是想我赶紧死，你好赚我的钱。

老骡子一笑就露出一口过于洁白的假牙，你放心，我给你扎最好的，你想要什么就扎什么，汽车、洋房、二奶，要啥有啥。

闲下来时，老骡子就做风筝，做好风筝，就和老高一起放起来。

老骡子做的风筝飞得高，飞得远，等风筝越飞越高，就把线剪断，放风筝自由。

失去牵绊的风筝，向着云端高飞而去。

这时候老骡子和老高都安静下来，仰头目送风筝归去，觉得风筝也带走了他们的一部分。

老骡子七十多岁，比老高年轻，距离死亡还有一段距离。

老高就托付他，我死了什么都不要，你就给我做风筝，做能飞得最远最高的风筝，等它飞起来，就把线剪断。不如归去不如归去啊。

老骡子答应他，我会提前给你准备好的，不过可不打折啊。

五 算卦

陈瞎子十岁那年才变成瞎子。

多年以前，小陈瞎子回家路上，见到有人用雷管打井，他不相信雷管这东西能响，就想着插上插座试试。

结果雷管炸得震天响，原本还没成型的井被炸出泉眼，汩汩冒出水来，小陈瞎子被一股气浪掀起来，呈飞翔姿势，整个人倒挂在树上，眼窝里流着血，两只眼球不知道飞到哪里去了。

当年瞎子唯一能谋生的职业就是算命。

父母送小陈瞎子跟着一个老瞎子学命格、摸骨、麻衣神相、立地起卦、梅花占这一套。

好在小陈瞎子聪明，算起命来颇有天赋，年轻时就小有名气，后来就顺理成章，成了陈半仙，还靠着自己的手艺娶了媳妇，生了孩子。

老高儿子拎着肘子上门拜访陈瞎子，毕恭毕敬，您给算算，老父亲大约什么时候走？

陈瞎子深陷的眼窝里，似乎藏着无穷的智慧，他洒出一把铜钱，又用蜡烛烤了烤龟壳，摸铜钱正反，摸龟壳裂纹，眉头皱起来，不说话。

老高儿子就等着,直到陈瞎子打起呼噜,好不容易叫醒他,陈瞎子才叹了口气,说,那边说,生死簿上找不到老人家的名字。

老高儿子喃喃,生死簿?

六 生死簿

每当镇上有人死去,名字都要登记在册,便于镇上人口管理。
用毛笔字,郑重地写下死者的名字。
镇上的人称呼这本厚厚的册子作"生死簿"。

这是镇上由来已久的传统,可以追溯到宋朝。
小镇虽然小,但存在得实在太久,镇民们很快就发现自己的记忆并不可靠。
有时候他们会见到死去多年的人又出现在镇子上:

死去的丈夫又跑回来给寡居多年的老婆放下两条鱼,却不小心撞见了老婆和邻居有妇之夫正在以激烈姿势交缠。死去的丈夫也不愤怒,只是报以微笑,就那么飘在床头,憨笑着说,你们继续,我就看一会儿,我想我老婆了。

诸如此类的事儿,让镇民们迫切需要一个肯定句,断定某个人确实死了。

所以就出现了生死簿。

如果不确定某个人是死是活,就翻一翻生死簿,一旦在上面发现了名字,就当着这人的面喊出来。一喊,这人自己也猛地反应过来,原来我死了啊,说完就自然而然地消失了。

这对活人和死人都很友好。

"生死簿"由哑巴负责管理。

哑巴并不是真的哑巴,他只是话少,从小到大,能不说话就不说话,能用一个字表达意思,绝不会蹦出两个字。

镇上有人说,哑巴之所以惜字如金,是因为他这一辈子只有四百九十句话可以说,说完了,人就死了。

老高儿子来找哑巴商量,能不能把老父亲的名字提前加在生死簿上。

七 棺材

孝子贤孙早就给老高准备了上好的棺材,就算不能土葬,至少也可以安放骨灰。

棺材原本藏在老宅里屋杂物间里，里三层外三层包住，天气好时，还拿出来擦擦桐油，晒晒太阳。

现在棺材被儿孙们请出来，就放在厅堂里。

做棺材的木材上佳，足以彰显儿孙们的孝心。
这些木材来自一棵老树，原本也是活物，沐浴过阳光，接受过风雨洗礼，现在被挖空，做成一艘船的模样，用来盛放死去的人，带他们一起同归尘土。

棺材敞开着，像一个诚恳的邀请。
老高自然读懂了儿孙们的意思。
他也不恼怒，只是感叹自己真的活成老废物咯。
死，成为老高对家族最后的贡献。

夜里睡不着，他就躺进来，发现睡在这儿，比睡床还要舒服。
而且吧，这地儿有意思，睡在这里就睡在时间之外，什么都不用做就已经抵达不朽。
老高有了一个想法。
第二天，老高对儿孙们说，就这个月十五吧，好日子。

八 长寿镇

十五这一天,天气好得出奇。

老高早早就起来了,他已经不需要太多睡眠。

竖起梯子,爬上屋顶,眺望这座古老的海边小镇。

高楼比平房多得多,高低错落的人类建筑把地面切割成不怎么漂亮的形状。

海风和盐经年累月地侵蚀着老人们的关节。同样和岁月有关,风湿性关节炎不亚于诗歌。

小码头上,渔船们陆续归来,每个人看起来都比昨天高兴。

迎着海风站在屋顶,眼睛被吹得发干,头发跳跃,衣襟响动如旗帜,这让老高觉得舒服。这是个适合回忆青春的天气。

一个小时后,老高出现在面包店。

告别甜食几十年之后,他买下一个蛋糕,用来庆祝他和妻子的结婚纪念日。

口腔和牙齿已经不适应甜食和奶油带来的口感,但大脑还是感觉到了快乐。

老高看见妻子十几岁的样子，正在屋子里追着狸奴跑来跑去。

二十岁的妻子嘲笑老高的吃相，用眼神埋怨他总是弄脏衣服前襟。

三十岁的妻子正一个人躺在沙发上，沉浸在自己悠远的心事里。

四十岁的妻子正在厨房教训刚刚打翻一桶牛奶的儿子。

五十岁的妻子放下儿子打来通报过年不回家的电话，突然间就安静下来，但转过身还是给了他一个微笑。

六十岁的妻子到处寻找就戴在她脖子上的项链。

七十岁的妻子握紧他的手，最后告诉他，每天早上起来都要空腹喝一杯白开水。

老高吃完蛋糕，对着镜子穿好早已备下的崭新衣服，镜子里的人，虽然老迈，但看起来颇有精神。

除了一生的记忆，老高没有什么想要带走的。

孑然一身，大概就是这个意思。

老高躺进棺材里，找到一个舒服的姿势，闭上眼睛，想着一生中那些美好瞬间，不可再得，也不必再得。

那就带着它们一起走吧。

就像当年和妻子一起挑选晚上要看的电影一样，老高在挑选着要在哪个美好瞬间结束一生，这很愉快，却也很耗时间。

直到儿孙们一股脑儿冲进来,七手八脚地把老高扶出来。

儿子惊魂未定,孙子欣喜若狂。

儿子说,爸,咱先别死了。

孙子说,爷爷哎,你现在是个宝贝了。

重孙子打开手机,把自己的脸蛋凑近老高,对着手机叫嚣,这就是我太爷爷,一个正宗的百岁老人,各位老铁,记得双击。

老高不明白儿孙们在搞什么鬼,接下来的三天,他才明白了一切。

"全市寻找长寿老人。"

"尊老爱幼是中华民族传统美德,你身边有长寿老人吗?"

"家有一老,如有一宝,上传你家里的老宝贝。"

老高从老废物变成了老宝贝。

市长亲自来老高家里慰问,给老高颁发了"世纪老人证书",和老高亲切合影。

儿孙们也沾了光,在市长参与的全家福里,面对记者的镜头,笑得灿烂无比。

重孙子直播老高的日常生活,传授长寿秘诀,售卖长寿老人每天都吃的豆瓣酱,成了他梦寐以求的网红。

老高居住了一辈子的老宅,成了镇上的旅游景点,有人抠下墙壁上的砖头,挖了房子周围的土,带回家里,和祖宗牌位、关帝老爷供在一起。

每个老高熟悉或者不熟悉的人,都接受了采访,记者从他们口中拼凑出一个堪称传奇的世纪老人。

老高再也不能清净地遛弯儿,走在路上就会被路人逮住合影、直播,索要长寿秘诀。

甚至有年轻女孩从远方赶来,直言不讳地提出自己想要替老高再生一个儿子。

老高没想到自己一辈子一事无成,最后却因为活得足够久成为当地名人。

老高和老骡子喝了一顿酒。

老骡子一开始还阻止老高,你别喝了,你要是死在我这儿,我就成镇上的罪人了。

老高就哈哈大笑。

两个人喝得面红耳赤,勾肩搭背去找春丽一起喝。

春丽骂他们老不死,却还是加入了酒局。

洗头房里的霓虹灯闪烁,弄得还挺有诗意。

老骡子和春丽都醉倒了,连自己老了这回事都忘了。

老骡子要证明自己能生儿子，春丽非要慷慨一回，坚决要求做一次东，请一次客。

老高这时候酒意退去，走出洗头房，仰着脖子，看着天上星星点点，打了个酒嗝。临走时，回头嘱咐老骡子，别忘了我的风筝啊。

九 渡海

如果仔细看，海天原本就接在一起，要是翻过来，你分不清哪儿是哪儿。

太阳从海平面爬上来，阳光翻起海浪，海浪折射阳光，海面上就洒满了星辰，和夜空没什么两样。

一只云朵形状的风筝，在海天之间飘来荡去，和其他形状各异的白云打招呼，云朵们似乎都被挠了痒痒，慌乱起来，光影被折射得乱七八糟，有种杂乱的美。

沿着风筝的线往下看，海面上漂浮着一具棺材，老高就坐在棺材里。

现在这个棺材不叫棺材了，它是一艘船。

风筝线的另一端，拴在船头，充当船帆。

海风和海浪相送，用不着桨，船就起起伏伏漂向远方，船身划开海面上的星辰,它们聚拢又散去,美丽而调皮。

老高坐在船里,再一次成为自己命运的船长,他手指指向哪里,风筝就飘向哪里,船就游向哪里。

头顶有人呼喊老高的名字,老高抬起头看,年轻的妻子,正飞翔在自己上方,冯虚御风,向他挥手致意。

海面尽头,海天相接的地方,凭空出现了琼楼玉宇,高耸入云,又绵延万里,呈现出不曾见过的几何形状,一砖一瓦分毫毕现,像人间,又不像人间。山峦迎面,草木放肆生长,行人来来往往,互相交谈。穿比基尼的姑娘们露出皮肤,沐浴阳光。孩子们叽叽喳喳,不着急长大。鸟儿成群飞过,不着急归巢。
薄雾笼罩,风有形状,光有线条,一切都像是一个梦。

一股从未有过的快乐,从心底升起,从嘴里、鼻子里、眼睛里窜出,像鲸鱼喷水一样,在海面上炸开水花,召唤彩虹。

老高索性脱掉衣服,恢复年轻的肉身,高声唱起年少时的歌,催促海风加速,和妻子一起,漂向海面尽头,轻易就成为风景和梦的一部分,从此不知所踪。

五线谱 上

大川在洗马镇罐头厂上班的时候，学会了灵魂出窍的本事。

传送带把鱼传送过来，大川把鱼头摆正，等切刀切掉鱼头。

大川每天大概要切几千条鱼，这样的工作不需要动脑子，把身子留在这儿就行。

大川的心思不在这里，心思在养的鸽子身上。

鸽子是大川上厕所的时候，无意中抓到的，羽毛柔顺明亮，两只肉翅健硕，只要放出去，不管遇上什么天气，总能飞回来，比谁都靠谱。

鸽子有翅膀，大川就把心思放在鸽子翅膀上，鸽子飞到哪里，大川的心思就跟到哪里。

切刀切在手上，鸽子还在飞，切刀在手背上切出来一个斜面，白肉惨然，血却没有流出来，还有一点骨肉连着，送医院的路上，包手的床单吸饱了血，鼓鼓胀胀的，越来越沉，像有一只手把他往地下拽。

算工伤，医药费罐头厂出，还给大川算了三个月的误工费。

三个月以后，大川手背上有一道殷红的斜线，幸亏接得早，活动还算灵活。

回到罐头厂上班，老板告诉他，罐头厂黄了，只能遣散工人，各谋生路。

大川带着这个坏消息回家，大川的弟弟也在。

父母让大川坐下，父亲不说话，母亲代为发言，大儿你是当哥的，你弟结婚，你得出钱。

大川看弟弟，弟弟低着头，大川问，出多少？

母亲说，我跟你大出一万五，你出一万五，凑三万，结婚就够了。

大川说，我没钱。

父母沉默。

弟弟抬起头，说，哥，你可以评个伤残，告罐头厂，让老板赔你钱。

大川不说话。

一家人陷入长久沉默。

最后父亲拍出来六千块钱，大川看着这钱眼熟。

父亲说了话，这是大儿你的误工费，你就出这些吧。

大川哽住，要说话，一家人都拿眼看着他。

大川叹了口气，站起身来就走出去，影子留在屋子里。

大川在网吧里遇到自己上中学时谈恋爱的女朋友王丽华，大川凑到王丽华身边，王丽华身上指甲油的气味呛鼻子，大川问她，你结了吗？

王丽华盯着电脑屏幕，里面在播韩剧，看也不看大川，挤出一句，没有。

大川又问，那你有相好的吗？

王丽华摇头。

大川很满意，咱俩接着好吧，好仨月就结婚。

王丽华这才抬起头，看着大川，大川一脸认真，等着王丽华回答。

王丽华说，回家跟你妈结吧。

大川急了，伸手揪住了王丽华的领子，我抽你信不信？

王丽华轻蔑地挑挑眼，扯着脖子喊，哥。

电脑后面，站起来两个头发鲜艳的小年轻。

大川松开王丽华，说，我跟她开个玩笑。

大川肿着脸，走出网吧，吐出一口血唾沫。他站在灰头土脸的小镇街头，觉得脚下沉重，太阳刺眼。

台球厅里，一群人抽烟抽得烟雾缭绕，烟在屋子里散不出去，飘到屋顶上，就像屋子里也有了云。

大川手插着口袋走进来，按个台球桌看了一会儿，看看就忍不住骂一句，臭球，臭球。

打球的都抬头拿眼斜大川。

大川拿眼顶回去，吐了口唾沫，看啥看？

大川百无聊赖，走在街头，电线耷拉着，纵横交错，像绳索。

走到河边，见河水颜色鲜艳，不像水，倒像是油，里面漂浮着垃圾和塑料袋，气味刺鼻。

大川也不在意，给自己点了根烟，叼着烟，捡石子儿打水漂，可惜石头不争气，水漂总也打不好，漂了两个就沉下去。

大川想起初中老师教的，这就叫重力，但凡是在地球上的东西，都摆脱不了重力。

大川回到家，爬上屋顶，给鸽子喂药，鸽子要吃营养液，吃了营养液，毛长得好，翅膀也有力气。

鸽子扑棱着翅膀起飞的时候，翅膀颤动的声响，大川很爱听，也就这时候，活着好像还有那么点意思。

大川看着鸽子飞远，心里想，鸽子好像不归重力管。

鸽子飞过树梢的时候，看见九岁的小云正骑在树干上，从树梢里探出头，往远处看，目光被鸽子吸引，跟着鸽子一起飞，鸽子飞多高，她就看多高。鸽子飞多远，她就看多远。

鸽子飞过拔地而起的废弃烟囱，十八岁的小云正在烟囱顶端爬。

底下，小云的女同学吓得瘫坐在地上。

小云爬到烟囱顶上，风吹开她的刘海，露出年轻的脸，向往大过恐惧。

当鸽子飞过电子厂鳞次的窗户时，小云站在生产线前，保持着一个姿势，脚踏实地，开始了一天机械而重复的工作。

身边是无数个像她一样的女孩，她们面无表情地把自己当成机器的一部分。

线长来来回回巡视，走到小云身边，就停一停，看着她笑。

小云头也不抬，冷着脸，手里动作不停。

线长讨了个没趣，转身走了回去。

电子厂是封闭式的，效益算不上好，听说现在做电子的公司都搬去越南了，他们这个厂是为数不多存活下来的。

小云没能如愿考上大学，高中毕业之后，就来这里上班。

她听说大学也是封闭式的，就跟现在这个厂子一样。

厂里什么都有，除了无聊，一切都可以在厂里解决。

下了班，吃完晚饭，同事们拉着小云去了酒吧。

厂里的酒吧在一个临时搭起来的工棚里，里面灯光旋转耀眼，付五块钱的入场费可以得到一瓶啤酒。

男孩女孩们在昏暗迷离的灯光里,气喘吁吁地跳舞,享受短暂的抽离。

回到宿舍,小云睡下铺,逼仄得很,舍友们玩手机、追剧、追星,小云就翻看自己的电力学教材。

宿舍晚上十一点熄灯,监督员像管孩子一样管她们,每夜巡查。

等监督员走了,小云就亮着充电台灯,在被窝里继续看书,她不需要太多睡眠,这里的夜晚对她来说,比外面漫长。

睡她上铺的付春突然探过头来跟小云说话,小云,线长喜欢你,你不喜欢他?

小云眼睛没离开书,没说话。

睡隔壁床铺的李霞把话茬儿接过来,我听说线长交过十几个女朋友。

付春就说,那又怎么样?要是跟线长好了,干活能偷懒,还能多请几天假。厂里的女孩都硬贴他。

小云合上书,翻过身去,拿着充电台灯照,墙壁上贴着一个月份的挂历,小云拿笔划掉一个日子,距离那个被红圈圈起来的日期越来越近了。

小云看着那个日子,心思也不在这里了。

小云一早起来上工的时候,大川已经带着鸽子出了街,上公园去,和老头们逗闷子。

大川跟一帮老头吹,我这鸽子飞得高,飞得远,认家门,不管多远都能飞回来。

老头们盯着大川的鸽子看。

有个老头告诉他,养鸽子费钱,赌鸽子挣钱。

大川一愣,赌鸽子?

老头就拿出一张纸,给大川看。

市里信鸽协会办的正规赛鸽锦标赛,每只鸽子报名两千七百五十块,给鸽子配上一个脚环,脚环上有密码。比赛的鸽子总共有一千多只,把这些鸽子运到陕西,从陕西往回飞,全程六百公里,要是你的鸽子第一个飞回来,你就有好几十万的奖金。

大川睁大了眼睛,多少?

老头说,好几十万。

大川把烟丢在地上,踩灭,然后问老头,大爷,你有没有两千七百五十?借给我,赢了奖金我给你分。

老头笑了,骂了一句,就凭我给你这个消息,你赢了钱也应该给我分。

大川钻进弟弟屋里,和弟弟对坐着,两个人光喝水,不说话。

弟媳妇说,哥,你不是想把钱要回去吧?

大川有些尴尬，那不能，我借，不多借，就借两千七百五十，我要参加——

弟媳妇说，钱不够，还欠着外债，一块钱都得掰两半花，我卫生巾都洗洗再用。

大川把剩下的话咽下去，站起来，走了。

弟弟和弟媳妇都坐着没动。

父母看着大川，像在看一个怪物。

大川说，我赌鸽子能挣钱。

父亲摔了碗，摔得粉碎。

大川坐在屋顶上，鸽笼放在旁边，他看着鸽子，鸽子的脖子转来转去，发出咕噜咕噜的声响，是这个夜里唯一的声音。

第二天上午，大川又溜达着进了台球厅，挨个台球桌看，这次不光骂了，还动别人的球，一连动了好几桌，终于有人摔了台球杆。

一群人围着大川打，大川抱着脸，像个大虾一样蜷缩在地上，一声不吭。

派出所里，大川满脸血，打他的一群青年头发五颜六色。

警察问大川，公了还是私了？

大川说，私了。

青年们从口袋里掏钱，大川点了点，二百六十五块。

警察问，行不行？

大川说，行吧。

警察递出来一张纸，那你在这里签字。

大川瘸着腿走出来，身后的青年们跟上来，大川停住，转过脸看他们，问，没打够？想接着打？

大川亮了亮手上的斜线，看到了吧，我这只手被砍断过，我不怕再给你们砍断一次。

青年们面面相觑，骂骂咧咧地散了。

大川第一次笑，脸上肿着，笑得有点难看，嘴里念叨着，还差两千四百八十五块。

大川回到家，父母、弟弟和弟媳妇围在一起吃饭，他进来，也没有人抬头，只有筷子碰碗的声响，大川走过去，拿起来一块馒头，嚼着走了。

大川翻来覆去睡不着，半夜爬起来，光着脚，摸进父母老两口屋里，找存折，尽量不发出动静，翻了半天，没有。想去翻老两口炕头的箱柜，刚起身，就看到老父亲欠起身子看着他。

老两口抄着擀面杖和拖鞋追，大川拎着鸽笼子跑，老父亲气得青筋暴起：还赌鸽子，我先给你来个炖鸽子。

大川落荒而逃。

大川站在电子厂的围墙下面，围墙高耸，巨大的阴影把大川整个人盖住。

走到门口，给保安递了根烟，保安接过来。

大川问，我听说你们厂女子多？你不给我介绍个女朋友？

保安猛抽烟，就你这个样？谁能看上你？

大川也不生气，猛吸了两口烟，手指一弹，烟头飞到了保安领子里，保安跳起来。

大川哈哈大笑，扬长而去。

中午十二点，女工们涌入食堂，小云、付春、李霞，刚找了个地方坐下来，有人就拍她的后背，她本能地一缩，转过头看。线长笑着看她，在她面前放下一份饭，里面有几块红烧肉，线长笑着说话，吃，你吃，给你打的。

小云把饭盒推回线长面前，也不多话，扒自己碗里的饭，线长很尴尬。

付春和李霞见状，伸筷子解围，小云减肥呢，她不爱吃肉，我们吃行不行，线长？

线长没有说话，猛地站起来，硬着后背走了。

付春捅小云，你干啥？得罪了线长，他能不给你亏吃？

小云不言语，奋力扒饭，当先吃完了，又掏出电力学资料来看。

李霞说，小云心气儿就是高，人家要考到国家电网去，能看得上一个小线长？

付春和李霞叽叽喳喳，小云已经听不见了。

一点钟，小云又站在了生产线上，传送带转起来，女孩们的眼神就慢慢呆滞了。小云有时候会想，人发明了机器，机器转过头来又把人变成机器的零件。

但除了小云，好像其他女孩从来不会想太多，她们已经适应了这里。

人的适应能力就是这么可怕。

想得远了，手上的活儿就慢了，线长踱步过来，问小云，你怎么回事？堆料了。

小云没说话，加快了手上的速度。

线长似乎觉得还不过瘾，又走回来，说，小云，上班不专心，扣你五十块钱。

其他同事吓得都绷起了身子。

小云抬头看线长，线长有些得意地看着她。

下了班，小云一个人找了个角落，打电话回家。

父亲接的，问她，发工资了吗？

小云说，十五号才发。

父亲问，今天几号？

小云说，今天十号。

父亲说，工资发了不要乱花，寄回来，家里用钱。

小云问，你又赌了？

父亲说，什么叫赌？那叫赛！

小云把电话挂了，胸口堵得厉害。她看出去，厂子里年纪和她相仿的男孩女孩来来往往，高声交谈；她抬头看着，天空高远，夜很黑，工厂里的他们独立于世界之外。

小云早早地回宿舍楼，楼道里灯坏了，小云拿手机照着亮，进了宿舍门，发现气氛不对，看自己上铺，付春和线长从被子里弹出来，两个人看到小云，有些尴尬，线长跳下床，匆匆走了。

小云一言不发地整理掉在自己床铺上的灰尘。

付春下了床，站在一旁看着小云整理床铺，跟她说，我跟线长好了，姐妹们都谈恋爱解闷，我也没办法，这里太无聊了。

小云说，线长不是有十几个女朋友吗？

付春说，那都是以前的，再说，他能交十几个女朋友，我就不能交十几个男朋友？

小云说，你真想得开。

付春说，人要是想得开，就能活得不那么累。

躺在床上,小云又划掉了一个日子,跟付春说,下个礼拜你帮我跟线长请几天假吧,我考试。

付春探下头来,跟小云说,那你可得好好考。你要是考上了,能把你的充电台灯给我吗?

小云说,行。

付春高兴得不得了。

熄了灯,小云打开充电台灯,盯着那个红圈圈起来的日子看,想要从里面看出什么来。

大川拎着鸽笼坐在树底下发呆,一个穿得板板正正的老头在他面前蹲下来,看他的鸽子,看着看着,就摇头。

大川问,你摇头什么意思?

老头说,你这鸽子不行。

大川急了,哪儿不行?

老头笑了,你这鸽子血统稳吗?

大川愣了,血统?

老头又说,你这鸽子身形偏大,偏大的鸽耐力好,但飞得慢。你再看这眼砂,色素太深,飞不快。好雄易得,好雌难求,你这个是个雄的,飞不过雌的。

大川傻了,看着老头,你懂鸽子?

老头没说话,从口袋里掏出一张名片,相当正式地递给大川,大川接过来看，爱鸽者高育良。

大川肃然起敬，你也养鸽子？

老头说，养，也赛。

大川乐了，信鸽协会办的赛鸽锦标赛你参加？

老头叹了口气，我有只金母丢了。

大川问，金母？

老头说，金母就是母鸽子，是最能飞的一只鸽。我爱惜得不行，前几天放出去，就没飞回来，GPS信号也断掉了。

大川哀叹，那可惜了了。

老头说，是可惜，我腿不好，出不了远门，不然我自己去找它了。

大川看着老头，你知道金母在哪儿？

老头说，GPS嘛，最后传来一个位置，离这儿一百多里地吧，看样子是迷在山里了。

大川站起来，我腿快，我可以帮你去找。

老头看到了希望，当真？

大川点头，不过我找到了，你得给我两千四百八十五块钱，我和我的鸽子也要报名赛鸽，就差个报名费。

老头说，得，就这么说。这只金母翅膀上有我自己做的鸽哨，声音很特别。

老头拿出手机，一阵鼓捣，给大川看视频，视频里，老头打开鸽笼，一只鸽子飞出去，鸽哨声响起来，煞是好听。

老头说，你就照着这个声音找，找到带回来，你就是我的大恩人。

大川说，那行。

大川回家就开始收拾东西，母亲问他，要去哪儿？

大川说，找鸽子。

母亲愣在那里。

夜里，隔壁弟弟和弟媳妇的床响得厉害，大川听得心烦，恨不得天马上就亮起来，到了后半夜才迷迷糊糊睡着。

第二天大川睁开眼，没听着鸽子的咕噜声，他坐起来，发现鸽笼不见了。

他冲出去，看到地上鸽笼粉碎，院子里架着一口锅，锅里滚着水，父亲像拎鸡一样拎着鸽子的翅膀，看着大川，大川往前冲，父亲拧断了鸽子的脖子，扔进了滚水里。

大川倒在地上。

父亲看着大川说，晚上吃炖鸽子汤。

大川背着包往外走，走出去，摸出兜里的钥匙，扔出去，再往前走，头也不回了。

经过电子厂，保安看到他，指他，大川走过去，狠狠骂了一句。

保安气得要开门往外追。

大川拔腿就跑，跑过灰头土脸的小镇，跑过漂满垃圾的河道，跑过头顶上纠缠在一起纵横交错的电线。

小云特意穿了一套新裙子。

平时在厂里穿制服，没什么机会穿裙子，裙子没法熨，有点皱，小云尽量把褶皱扯平，走出宿舍。线长拦住她，跟她说，今天件多，你不能请假。

小云不理他，就往外走，线长拉了小云一把，你要敢走，就别想干了。

女工们都从宿舍里探头出来看。

小云说，我今天有急事，我必须走。

小云硬往外走，线长扯住了小云的裙子，一用力，撕开一道口子，露出内衣带子来，线长愣了愣，小云迎上来，给了线长一个巴掌。

线长气得吼了一嗓子，给我拦住她，她……偷零件！

环安课的保安往这边跑，女工们走出宿舍，楼上楼下都站了人。

宿舍里，付春透过门缝看着，轻轻把门合上。

小云往外突围,女工和保安就追着她。

小云说,我没偷。

线长喊,没偷就让我们搜身。

线长又对着大家喊,都给我围住了,她把零件塞裙子里了。

一向安静的工厂,突然之间就躁动起来,楼上楼下都围了人,保安围上来,去扯小云的裙子。

小云裙子被扯烂,后背贴上了栏杆,她看着眼前每一张狰狞又兴奋的脸,一秒钟也不想在这里多待,她冷笑,一翻身,越下栏杆,跳下去,像一只坠毁的鸟,直直地砸在绿化带里。

保安和女工都发出惊呼,随即又都安静下来,纷纷看过去。

小云从绿化带里站起来,脸上划开一道口子,血往外渗,一瘸一拐地往外走,面前一张一张的脸都主动让开了路。

走到门口,血已经滴在了脖子上。

保安呆呆地看着她。

小云说,开门。

保安没有二话,按下电动门的按钮。

门打开,小云走出去。

出工厂,走了十几分钟,上了大路,大路广阔,看出去又直又远,小云往前走,直到身影消失在地平线。

大川的身影出现在地平线上,他背了个背包,身形单薄,风一吹,他整个人就有点斜。

他钻进林子,低着头找鸽子粪,出了一头汗,却一无所获。

他有些乏,找了棵树,靠在上面,睡着了。

等他醒过来,发现书包倒在地上,塑料袋破了个洞,三五只鸽子正在啄地上洒出来的玉米粒,大川一阵狂喜。他慢慢坐起来,几只啄食的鸽子还是被惊飞,大川不慌不忙,在地上撒了两把玉米粒,自己趴在草里,拿着望远镜,远远地看。

飞起来的几只鸽子又落下来,紧接着有更多的鸽子落下来啄食,大川拿着照片比对,挨个看过去,可惜没有翅膀上带鸽哨的。

等鸽子吃得差不多了,大川慢慢站起来,冲过去,赶鸽子,鸽子被惊飞。

大川仰头看着,鸽子的影子经过大川,像给他也安上了翅膀,大川追着鸽子跑,跑着跑着似乎就能飞起来。

鸽子飞过树梢,飞过高压线塔,线缆连绵不绝,像天空上的五线谱,鸽子们飞过去,就像逃出去的音符。

山里,小云仰头看着高耸的高压线塔。

队长给男队员讲解爬塔要领。

队长说，原则上不要求女队员爬塔，女队员就在下面看着就行。

小云还在仰头看着那些通天的线缆，看得着迷。她走过去，跟队长说，我想爬塔。

队长看着她。

男女队员都看向她。

小云还在仰头看着天空中延伸向远方的如同天梯的线缆。

队长和男队员都惊讶地看着小云越爬越快，越爬越高。

男队员面面相觑，她怎么就不知道害怕呢？

小云第一个爬到塔上，固定好安全绳，在上面等着男队员们。

看出去，天地一宽，除了山和云，没什么能挡住视线。风声过耳，如泣如诉，像是在跟她说什么话。

小云忍不住大喊一声，队长和男队员们刚爬上来，都被她吓了一跳。

塔底下，等待的女队员们都拼命跳起来跟小云挥手。

小云对着远处，喊得越来越大声，声音传出去，借着风，穿得极远。

大川抬起头，驻足倾听着什么，他头发和胡子都长得很长，身上的衣服被扯成了布条，乍看上去，跟野人无异。

那只金母却还没有找到。

遇到路过的大车司机跟大川搭话,问大川,干什么的?
大川说,找鸽子。
大车司机都觉得大川疯了,鸽子丢了还能找着?早被鹞鹰叼了。
大川说,那是金母,飞得快,鹞鹰叼不走。
大车司机笑,鸽子还能飞过鹞鹰?
大川说,能。
说完,就翻下高速公路,跌跌撞撞地往前走。
大车司机看着大川走远,一脸莫名其妙。

大川在山里转,抬头看到有鸽群飞过,大川跑过去猛追,追出去很远,迷了路,四下里去看,不知道自己身在哪里。

闷着头走,天黑下来,山里没有光,大川脸上被枝条划出口子,也顾不上疼,就想赶紧找到有光的地方,脚下一滑,身子失了力,整个人就坡滚下去,翻来覆去,像个皮球。

等大川再次醒来,发现自己陷在枯枝败叶里,脚腕肿起来,一跳一跳地疼,但身下的枯叶软软的,比床还舒服。
山里起了雾,一片一片的不知道从哪里飘过来。
大川索性不起来,躺在那里往天上看。
天空上,高压线塔的线缆绵延开去,穿进雾气里,又从另一端穿出来。

大川突然发现,云雾里的线缆上,有个身影时隐时现。

大川慢慢坐起来,仔细看,看清了,是个女孩。

女孩踩在线缆上,置身云雾中,远远地向着大川头顶的方向移动,大川睁大了双眼。

小云从塔上下到地面,整理装备,就看到大川一瘸一拐地走近她。

大川身上的衣服更破,胡子和头发更长。

大川走到小云面前,小云亮出手里的扳手。

大川下意识地把手举高。

小云上下打量他。

大川问,你是从天上来的吗?

小云问,你是从地下来的?

两个人都看着对方,雾气从山里来,又飘进山里去。

山里的宿舍是一间板房,青山环抱。

小云扶着大川进去,大川坐下来,小云从急救箱里拿出喷雾,喷上去,不等大川反应,猛扭大川的脚腕,大川疼得瘫下去。

夜里,山里下大雨。

小云生起炉子,大川往里添柴,炉子上煮着面,热气鼓着锅盖。

外面雨大起来,两个人凑在炉子前,大口吃面,抬头看对方,都辣得面红耳赤。

大川睡在地上,小云睡在床上。

大川问,你自己在这里住不害怕吗?

小云从床上扔下一个扳手。

大川闭了嘴,不敢问了。

第二天,天刚刚亮。

大川穿了一套工装,一瘸一拐地跟着小云,往另一座高压线塔上走,小云扔给大川一套装备,问他,跟我一起上?

大川仰头看了看高耸入云的高压线塔,摇摇头。

小云在大川的目送下,爬到塔顶,进了云层里,消失不见了。

大川只是在底下看着,腿就开始抖。

小云沿途巡线,大川就在底下跟着她的脚步走,小云停下来,他就停下来。

到了饭点,小云在塔顶上端着饭盒吃饭,大川就在底下找个尽量靠近小云的位置坐下来,跟她一起吃。

两个人就这么天上地下地互相看着。

小云看着大川的脚好起来，就问他，你脚都好了，怎么还不走？

大川脚步就又开始瘸。

晚上，小云问大川，你一个人跑这荒山野岭干吗？

大川说，我找一只鸽子。

小云问，什么鸽子？

大川说，金母，翅膀上有鸽哨的。

小云看着大川，谁让你来找的？

大川说，一个赌鸽子的老头。

小云问，你也赌鸽子吗？

大川说，他们说赌鸽子赢了奖金好几十万。

小云沉默了一会儿，跟他说，明天你就走吧，别在这儿赖着了。这儿没你要找的鸽子。

第二天，小云醒来，大川的地铺已经收拾干净。

小云有点失落，但还是硬撑起精神，开始洗漱。

穿纸尿裤的时候，发现自己生理期，对讲机里一直在催，小云穿好制服，走出去。

因为接连几天的暴雨，周边好几个地方停了电，需要排查的故障不少，许多队员都早早地被派了出去。

其中要巡线的几座高压线塔,横跨了两座山,高度高,地形又复杂。

小云站在塔底下,算风力,然后带好装备,爬上去。

大川走得很慢,他开始觉得那只金母可能真的被鹞鹰叼走了,跟自己那只一样,死于盛年,死于非命。

走出几步,大川就抬头看看,可惜附近的线缆上,找不到小云的影子。

眼看着就要走到高速公路上,大川迎面撞见一群鸽子,向着山林深处飞。

大川的脸亮起来,他转过身,追着鸽群一路往回跑。

鸽子飞过横跨两座山的高压线塔,小云悬在两座塔中间,脸上都是汗,她踩不住脚下拇指粗细的线缆,越是努力想要稳住身子,腿就抖得越厉害,汗出得越快,身上就越没有力气,她被卡在中间,进退不得。听见自己呼吸声,汗进了眼睛,眼前模糊起来,困倦透上来,她睁不开眼睛。

大川气喘吁吁地跑过来,眼睁睁地看着小云在线缆上摇摇晃晃,手一松,整个人倒挂下来,大川心一沉。

再看,幸亏有安全绳拉住,小云脸朝下悬在半空中,风一刮,小云就在线缆上晃来晃去。

大川扯着脖子大声喊,大声叫,可是小云完全听不见。

大川喊救命,可四野无人。

没有办法,大川也来不及回去拿装备,抬头看着高压线塔,猛捶自己发抖的大腿,一咬牙,徒手往上爬。

山和云都踩在了脚底下,风往耳朵里灌,嘴张不开,但还是口干舌燥,他控制住自己的腿,不要抖,他不敢往下看,只敢看自己的眼前。

攀上塔顶,已经接近虚脱,他顾不上休息,看着小云还在那里晃来荡去,一秒也不敢耽误了。

他尽可能放低自己的身体,学着小云平日里爬塔的姿势,一点点地往小云那里挪。

起了风,线缆就带着大川摇晃,晃得大川头晕,大川死命地握住线缆,手被毛刺刺出血来,也顾不上疼了,疼反而让他觉得安全。

等风稍微停住了,他终于忍不住,把肚子里的东西都吐了出来。

吐完了,头没那么晕了,他想象自己是一只鸽子,哪有鸽子恐高的。

一点一点地逼近小云,眼睛不离开她,心里就笃定多了,手上的血往外渗,他已经不觉得疼,也不觉得累了,只想着快一点接近她。

终于爬到了小云的位置,他一只手握住线缆,另一只手拉住小云的安全绳,用尽全力往上拽,一点点地拽。

可是在线缆上,使不上劲,劲儿使狠了,另一只受伤的手,很快就麻了,再一用力,就松下来。

大川被重力猛拽了一把,整个人往下掉。

大川徒劳地伸出手,要抓住什么,却什么都没有抓到。

他看见小云垂着头,闭着眼睛,想喊一声,却喊不出来。

大川想,我要是一只鸽子就好了。

一只手抓了他。

他看见小云醒过来,睁开眼睛看着他,两只手死命拽住他一只胳膊,脸涨得通红。

两个人的重量一叠,线缆晃得就更厉害,两个人在半空中晃来荡去。

钢丝绳承不住两个人的重量,钢丝从里到外开始绷断。

大川听到声响,跟小云说,你松开吧。

小云咬着牙，继续往上拽大川。

一点点地逼近，小云脸上的汗滴在大川脸上。

大川的手，终于也握住了线缆，两个人都松了一口气。

大川死里逃生，奋力攀上来，趴在线缆上。

小云身子骑了上来，分了一根安全绳给大川，两个人慢慢地向对面的塔移动。

云就从两个人身边飘过。

下了塔，两个人躺在地上，互相看了一眼，就再也没有了力气。

诊所里，两张病床相邻，两个人并排躺着，输着液，大川两只手掌上都缠着厚厚的纱布。

一个礼拜之后，小云爬塔，大川就在下面看着，等小云排除了故障，大川看着极远处暗下去的小镇，灯又陆续亮起来。

小云下了塔，跟他说，你跟我来吧。

大川问，去哪儿？

小云说，你不是要找鸽子吗？

大川愣住，你知道鸽子在哪儿？

大川跟着小云一直往山里走，两个人爬到山腰上，看见一个鸽子巢,不过里面空空如也。

大川看小云,小云说,再等等。

等了好一会儿,大川听见鸽哨声,他抬起头,看着两只鸽子互相追逐着飞回来,其中一只就是那只走失的金母,而另外一只,身上闪着金属光泽,看样子是只雄性野鸽。

大川看呆了。

小云说,我给她找了个男朋友。她不会再回去了。用不了多久,她就完全野化了。

小云看着大川,你想拆散它们吗?

大川愣了一会儿,摇摇头。

小云问,那你不赌鸽子了?

大川说,其实我养的鸽子被我爸炖了。

小云说,我爸为了赌鸽子,连我妈看病的钱都输了。我妈病重的时候,又赶上刮台风,镇上大停电,心电图都停了,氧气也供不上,我点着蜡烛看着她走的。从那以后我就怕停电,一停电我就心慌。

大川看着小云。

小云说,现在停电了我也不害怕了,我能修。

两个人都沉默下来,看着两只鸽子归巢,紧紧靠在一起,发出咕咕的声响,像在交谈什么。

高压线塔，线缆横架，小云和大川并排坐着吃饭，云和雾聚起来，又散去。

两只鸽子由远及近飞过来，经过他们，又追逐着飞远了。

那条颜色鲜艳的河水，如今经过治理，恢复了清澈。

河水上，一块石头从河对岸开始打着水漂，打了一个又一个，越漂越远，一直不肯沉下去。

如何说服丈夫殉情

楔子

我走多久你会跟别人在一起？
不知道。
一年，两年，三年？
我真的不知道。

郝文倩显然对丈夫的回答不满意。
但她也不知道，自己到底期待一个什么样的答案。
让丈夫用终身不娶来纪念她？
怎么可能！
就算换作她，也做不到吧。

乐观的话，你还有六个月。
发际线早退的男医生语气已经尽量温和。

郝文倩这时候突然很同情医生，除了他们，谁愿意替死神宣判呢？

她注意到男医生的鼻毛过分突兀地长出来，在医生向她解释癌细胞怎么从卵巢向她全身扩散的时候，她在纠结要不要提醒他鼻毛的事儿。

走到门口的时候，她转过身，指了指自己的鼻子，告诉男医生，你的鼻毛该剪了。

一　四千三百二十个小时

鉴于自己很快就要淡出丈夫的生活，离开这个家，从这个世界上消失，她想到丈夫要一个人应付以后的日子，就觉得放心不下。

林先生你知道怎么煎鸡蛋吗？

郝文倩喜欢叫丈夫林先生，在丈夫抱着她流眼泪的时候，她突然问他。

丈夫一时间没有反应过来，问她，什么？

你去煎个鸡蛋给我吃。

现在？

现在。

林木森狐疑地进了厨房。

厨房对眼前的男人而言,像是另外一个世界。

结婚两年,他已经习惯了饭菜自动出现在餐桌上。

油放在哪里了?

丈夫求助似的问她。

郝文倩就倚在厨房门口,笑吟吟地看着手忙脚乱的丈夫,一言不发。

等到一个焦黑的鸡蛋摆在她面前的时候,她忍不住笑了。

果不其然。

他照顾不好自己。

第二天早上,她故意装睡,侧着耳朵听丈夫翻箱倒柜,找不到内裤,找不到袜子,找不到成套的衣服。

她突然觉得自己犯了错,两年时间,她用爱把丈夫惯成了一个巨婴。

等到丈夫终于出了门,她这才起来,拿出一本烫金的笔记本,她要写下银行账户的密码,水电费、物业费怎么交,家用电器怎么用,什么东西放在什么地方。

她发现自己要写的实在太多。她自嘲地想,电视剧里果然都是胡说八道,真正的遗言是特别具体的,根本没时间写那些煽情的废话。

她必须利用自己最后的六个月,给丈夫上一个速成班,教会他如何适应没有她的生活。

她不为自己难过。

既然是命运给她的,她也只能当成是礼物。

但她每次想起丈夫拿着体检报告,哭得像个小孩的时候,她心里就开始疼。

她一死了之,留给丈夫的,却是一地废墟。

如果死的人是丈夫,她或许还能坚强一些,不至于被完全打垮。

但林先生不行。

在她心里,林先生不过是个脆弱的小男孩。

好在她还有六个月。

六个月,一百八十天,四千三百二十个小时。

那就把日子掰开揉碎了过。

我还有四千三百二十个小时来爱你。

听起来也不少呢。

二　倒计时

林木森半夜起来,发现妻子正盯着卧室墙上的钟表看。

钟表是他们的新婚礼物,机械表据说可以精准走时一百年。

一百年,多遥远,什么人会关心一百年之后的事呢?

你怎还不睡?

郝文倩眼神没有离开钟表。她没头没尾地说了一句,我以前都不知道,时间就是这么流逝的。

这句话让林木森睡意全无。

想了想,他起身,把钟表取下来,费了半天劲,终于让表针停了下来,塞进了床底下。

他抱着妻子,哄她睡觉。

郝文倩眼睛却还是睁着,问他,我怎么还能听到走针的声音呢?

林木森愣了愣,再次爬起来,从床头柜里翻出手表,让手表也停下来。

林木森听着妻子慢慢均匀的呼吸声,抱着她渐渐瘦下去的身体,不觉悲从中来。他不明白，好好的一个人，凭什么就只能活六个月了？凭什么？

他习惯了妻子的照顾，他不敢想象没有妻子的日子该怎么过。

但现在，他顾不上自己。他能做的，就只有过得像以往妻子习惯中的一样，由妻子照顾饮食起居，只有维持这样的日常，妻子才不会感觉到恐惧。

林木森第二天醒来，却发现妻子像变了一个人。

在林木森错愕的目光里，妻子告诉他，从今天开始，换你来照顾我，三餐，日常开销，都由你来负责。除此之外，还有亲戚朋友的生日，婚丧嫁娶，日期你也要记清楚。最重要的，未来三到五年的理财计划，我希望你给我一个具体的方案……除了按揭，我们没有外债，但不少人欠我们的钱，里面有你的亲戚，也有我的，以前都是我出面讨债，每年多少都能讨回来一点，以后我不在了，我担心他们欺负你。所以我想要趁着我在，锻炼一下你……

妻子还在说，事无巨细，林木森头已经开始疼了。他没想到，妻子生命中最后的六个月，竟然成了对他的人生考核。

郝文倩对丈夫的自理能力和生活能力很失望，她更加坚定了自己的判断。

林先生温柔、浪漫，却是一个生活的弱者。

结婚之前,林木森强势的母亲照顾他。

母亲离世以后,他就生活在妻子的庇护下。

他从来没有亲自操心过自己的生活。

可是等郝文倩走了以后,他不得不自己一个人面对一切。

郝文倩就像一个希望孩子能够自己面对险恶人生的母亲,要尽可能多地教会丈夫一切。

讨债显然是一个非常好的训练方法。

林先生善良到软弱,不懂得拒绝,耳根子又软,要不是这样的性格,也不至于被人借走那么多钱。

让林先生主动开口找人要钱,几乎是要他的命,要不是现在郝文倩的病,他肯定不会答应。

因为他觉得这样不体面。

现在顾不了那么多了。

可郝文倩没想到,到了欠债的亲戚家楼下,林先生又临阵逃脱了。

好不容易到了下一家,还不等林先生开口,对方就开始哭穷、诉苦、央求,林先生提前练习好的一肚子话术,就都说不出来了。

郝文倩终于确定了一件事,没有了她,丈夫会把生活过成一团糨糊,想到这里,她就不敢死。

可惜这事儿她实在说了不算。

这让她很焦虑。

加上病症日益加重,她整晚整晚地睡不着,渐渐又有了耳鸣的毛病。

她仔细听自己的耳鸣声,越来越不确定这到底是不是耳鸣,耳朵眼儿里,脑海深处,她分明听见的是钟表指针嘀嗒的声响。

但是丈夫明明已经把家里所有的表都停掉了啊,哪来的嘀嗒声呢?

她再也躺不住了。看看身边的丈夫已经熟睡,她奋力坐起来,尽可能轻声地走出去,在房子里翻箱倒柜,想要找到是哪里还有一只钟表在走动,吵得她难以安眠。

找到天亮,仍然一无所获。

林先生也醒了,迷迷糊糊地走出来,她伸手招呼林先生跟她一起找。

林木森莫名其妙,我没听见什么嘀嗒声啊。

郝文倩发了脾气,我说有就是有,为什么你听不见?你快帮我找!

妻子突然发怒,让林木森有些不知所措,他不想忤逆妻子的意思,只好跟她一起找,尽管现在外面的世界已经醒了过来,车流声、蝉鸣声、小孩子的吵闹声都在响,可妻子却坚称她耳朵里钟表表针转动的声音越来越大，大到她别的什么也听不见了。

一直折腾到中午，弄得满屋狼藉，妻子才在林木森的安慰下，渐渐安静下来。

林木森刚刚松了一口气，妻子又突然问他，我的葬礼怎么办，你想好了吗？

正在给妻子倒牛奶的林木森再次愣住，他回过头，看着妻子认真的脸，却不敢说话，不知道怎么开口。

妻子说，葬礼总是要办的。我想按照我老家的风俗，你要是弄不明白流程，我就给你列个思维导图，什么时候该找什么人，什么时候该办什么事，我都给你写上。你把我的本拿过来。

林木森叹了口气，端着牛奶走过来，坐在妻子身边，握住她的手，跟她说，咱先不说这个。

妻子却不依不饶，问他，那什么时候说？再不说没时间了。

林木森说，有的，有时间的，你放心。

妻子再一次失了态，我不可能放心的，我担心的事情太多了。我死了，就没有人帮你了。要不然这样吧，我帮你找一个女朋友，找一个适合你的，适合你娶回家做下一任妻子的。

林木森这下发了火，声音也大了起来，你胡说什么！

妻子却一脸严肃，告诉丈夫，我很认真，既然你照顾不了自己，我就找个能照顾你的人照顾你。

林木森猛地站起来，斩钉截铁地告诉妻子，这绝不可能！这样的话我宁愿跟你一起死。

妻子脸上的严肃认真消解了，取而代之的是茫然，她拧紧眉头，闭上眼睛，耳朵动了动，又像在倾听什么。

林木森又不明白了。他等待着妻子，还以为妻子睡着了，想给她盖上毯子，妻子却突然睁开眼睛，劈头盖脸地说了一句，我找到那块表了。

林木森问，在哪儿？

妻子指了指自己的小腹，告诉林先生，就在里面。

林木森错愕。

妻子说，这就是我的倒计时，它提醒我，我没时间了。

林木森说不出话了。

夜里，林木森迷迷糊糊地醒来，发现妻子一个人站在窗边抽烟。

林木森起身，走到妻子身边，温柔地责怪她，你怎么还抽上烟了？

妻子看着窗外，吐出一口烟，突然问了他一句，你说的是真的吗？

林木森还没有从睡意中完全醒过来，问了句，什么？

妻子这次看着他说话，你说你要跟我一起死，是真的吗？

林木森后背一凉，觉得自己冒出一层冷汗。

第二天，林木森无心上班，他反复咀嚼着妻子那句话，琢磨着妻子说这句话的语气，盘算着这句话里面有多少认真的成分。

三　恐惧

　　车开进地下车库，往停车位开。他的停车技术不算好，尽管已经开了这么多年车，遇到糟糕的停车位，他还需要求助妻子，妻子似乎总有办法把所有事情都做得很好。

　　今天林木森想把车停好，不是普普通通的停好，而是停得横平竖直，停得任何人也挑不出毛病来。

　　他看着后视镜，一点点转动方向盘，全神贯注地调整轮胎的角度，折腾了大半个小时，车终于停进了车位。他下车观察，又觉得车身还不够直，轮胎还没有完全压在停车线上。

　　他又上了车，重新发动，又重新停了一遍，再下车查看，终于满意了。

　　林木森站在车库里，点上一根烟，动作缓慢地开始抽，但时间还是流逝得很快。一支烟终于烧完，烧到烟蒂，他颇有些依依不舍地把烟蒂丢进垃圾桶，深呼吸，练习表情，进了电梯。

　　开了门，家里飘着饭菜的香味，妻子在厨房里炒菜，门没关，以往她都会把厨房门关上，防止油烟味破坏了她千挑万选的布艺沙发，可现在厨房门开着，油烟在天花板上方聚集，布艺沙发在贪婪地吮吸。

妻子听见林先生回来，跟他说，洗洗手，等着吃饭。

林木森依言洗手回来，问，我帮你干点啥？

妻子说，你听我跟你说几句话。

妻子这样的开场白，每一次都用于严肃正经的大事情，上一次这么跟他开场，是告诉他确诊结果。

锅还炖着汤，热气鼓荡着砂锅盖子，发出有节奏的响动。

妻子说，我今天便血了。

林木森一呆。

妻子说，你不用怕，医生说过，这属于正常现象。身体里的肿瘤太大，压迫到了其他脏器，出点血没事情。

林木森"嗯"了一声，不知道该说点什么。

妻子说，时间不多了，有什么想办的事情，要尽快办一办了。

林木森身子抖了一下，他不知道妻子说的只是她自己，还是也包括他。

妻子递给他炒好的菜，林先生端上餐桌。

妻子关了火，盛好了汤，跟他说，吃饭吧。

妻子没什么胃口，吃了两口，就放下了筷子，看着林先生，跟他说，你要吃完啊，你知道我喜欢看着你把饭吃完。

林木森埋头扒饭。

妻子突然问他，你还记得我那个烧炭自杀的男同学吗？

林木森停止了扒饭,抬头看着妻子,没说话。

妻子说,他老婆三番五次出轨,他都忍了,最后老婆还是要跟他离婚,还要分他的房子。他把遗书发到我们大学群里,说,想用自己的死报复他老婆。等离他最近的同学报了警赶过去,他已经在家里烧炭死掉了。

林木森慢慢放下碗筷,问,你怎么突然想起这个来?

妻子说,去救他的同学跟我们说,他走得很安详,脸上还带着笑,好像一点都不痛苦,跟睡着了差不多。

妻子看着他,问他,你说烧炭自杀真的不痛苦吗?

林木森心跳快了,你别想这些了,想这些对你精神不好。

妻子笑了,没事,我就在想我最后的死法是什么样的。如果是肿瘤破裂大出血,那死相一定很难看,弄不好还会七窍流血,到时候再吓到你就不好了。

林木森只能说,不会的。

妻子宽容地看着他,说,你又不知道。

林木森不知道该说什么了。

妻子说,要不然你帮我。

林木森警惕起来,帮你什么?

妻子说,帮我体面地走。

林木森猛地站起来,你胡说什么!

妻子又笑了,看你,我这不就这么一说嘛。你哪有那个胆子?换我帮你还差不多。

后半句话一出,林木森更慌了。

妻子说完这句话,眼神一下子就虚弱下来了,跟林先生说,我好累,我去睡一会儿,你洗洗碗。

林木森扶着妻子躺在床上,妻子很快就睡着了。

她现在瘦得厉害,好像一点肉都没有了。

林木森看着瘦成那么一小点的妻子,第一次感觉到了某种真实的恐惧。

办公室,林木森工作一会儿就要看看手机上的监控,看看妻子的情况。

妻子大部分时间都在睡觉,肿瘤消耗着她的身体,她一天最多的时候,要睡十三四个小时,不分白天还是晚上。

林木森原本要休假一段时间照顾妻子,可妻子拒绝了。

妻子说,虽然剩下的时间不多,但有时候她还是想一个人待着。

监控里,今天妻子精神头似乎好一些,她早早醒来,侍弄她的花草。

林木森轻松了一点,要是妻子还舍不得这些花草,那她对活着就有希望,就不会胡思乱想,更不会走极端。

林木森绷紧的神经松弛了不少,他对着电脑狠狠工作了一会儿,等他再看手机监控的时候,发现厨房里冒烟了,一看表,才三点多,不是做饭的点儿啊。

他打开厨房里的摄像头,妻子开着油烟机,在烧什么东西。把变焦摄像头拉近,他看清了,妻子在烧他们的相册,大部分是他们两个人的结婚照。

林木森看着手机,觉得办公室的空调今天格外冷。

这不可能吧?你想多了。

路边小摊,林木森趁着酒劲,把自己的顾虑跟卢美婷说了。

卢美婷听完,直摇头,你老婆不可能有这样的想法,你别吓唬自己了。

林木森又喝了两杯啤酒,已经超了他的酒量。他说,那套结婚照是我老婆特意找一个很贵的摄影师拍的,她一直很喜欢,结婚这几年,几乎每天都要看,现在她把这些都烧了……

卢美婷不明白,这能说明什么呢?

林木森说,她想到了那边也能看见。

卢美婷想了想,她这样想,也能理解。谁都想留住美好的东西。

林木森摇头,说,不是,她是烧给我看的,她希望我有个心理准备。

卢美婷疑惑,准备什么?

林木森猛喝了一杯酒,说,她想我也到那边跟她继续做夫妻。

卢美婷手里的串儿掉在了地上。

林木森回到家,妻子已经熟睡了。

林木森拉开抽屉，打开相册，发现相册里家人朋友的照片都在，唯独他和妻子所有的合影、结婚照都不在了。

一夜无眠。

第二天，林木森刚睁开眼，妻子已经收拾好了，正在镜子前试鞋子，看着林先生起来，就跟他说，今天你请半天假，跟我去拍张照吧。

林木森带着妻子去了写真馆，妻子兴致高昂，选了最贵的套餐，写真馆里化妆师、摄影师、灯光师齐齐上阵，气氛一下子热烈起来。

镜头里，妻子很开心，浓妆遮盖了病容。

林木森不忍心扫妻子的兴致，努力配合着摄影师的指导和妻子拍了合影。

终于拍完了，妻子已经累到说不出话，在写真馆里睡了一个小时才缓过来。

两个人在电脑前选照片，妻子选定了一张她和林先生素雅的合影，问林先生，这张怎么样？

林木森心不在焉，说挺好的。

妻子说，我也觉得挺好的。

妻子跟身边的工作人员说，麻烦你将这张合影帮我洗一个十四寸的，要彩色的。

工作人员连声答应。

林木森脑海中却炸了一声雷,十四寸,是……遗照的尺寸。

四 自私

林木森现在很害怕下班,更害怕周末。

六个月已经过去了一个多月,原本这半年时间,对林木森来说,实在太短了。

但现在,事情发生了变化,他觉得每一天都出奇的漫长。

他半夜醒来,经常发现妻子不知道是已经醒过来了,还是根本没睡着。

她有时候半夜端着笔记本电脑,聚精会神地在看什么,电脑屏幕的光照着她虚弱的脸。

有时候,大半夜,妻子一个人在厨房里,对着菜谱做颜色和成分都很古怪的果汁、蔬菜汁,做完了觉得颜色不对,又索性倒掉,好像是一个化学家。

林木森不敢问,很多次只能装睡,然后一大早醒过来,趁着妻子睡回笼觉的时间,赶紧收拾东西出门,周末也谎称自己加班。

林木森某一天出门前,妻子翻了个身,开口问他,你爱我吗?

林木森愣了一下,条件反射地开口,当然。

妻子问，有多爱？

林木森说，很爱。

妻子不依不饶，爱到什么程度呢？

林木森慌了神，程度？

他觉得自己后背又出汗了。

妻子翻了身，没等林木森回答，就又睡着了。

林木森如蒙大赦，出了门。

你的意思是说，她这么问你，是希望你跟她一起走？

卢美婷一脸难以置信。

林木森说，她的潜台词就是问我，爱她到什么程度，到不到跟她一起死的程度。

卢美婷觉得今天的午餐实在太咸了，她口渴得厉害，不停地喝水。

林木森双目通红，原本精心打理的胡子和发型现在也狰狞起来。

林木森说，我失眠好久了，现在晚上我都不敢回家。

卢美婷看着他，突然握住了他的手，林木森一呆，抬头看着卢美婷。

卢美婷迎接他的眼神，晚上你去我那里睡一会儿，醒了再回去。

林木森看着卢美婷，慢慢抽出了自己的手。

卢美婷说，哥，你知道我一直喜欢你。以前你说你有家庭，不想对不起你老婆,可现在……你总得为你自己的未来想想。

林木森焦躁起来,可是现在……

卢美婷笃定了起来,她就是想让你跟她一起走,让你殉情。她活着的时候控制你,要死了还是要控制你,带着你一起走,这不是爱,这就是自私。

林木森跟着卢美婷回了家。

卢美婷自己一个人租了一个一室户,房间布置得紧凑温馨。

林木森看了看监控,妻子还在睡觉,就给她发了个信息,说,下班要应酬。

卢美婷点了外卖,给林木森倒了一杯酒。

两个人把一瓶红酒喝完,灯光昏暗,林木森觉得困意来袭,却强撑着。

卢美婷说,困了赶紧睡会儿吧,一会儿我叫你,你多少天没睡好觉了。

林木森说,我还没洗澡,别弄脏你的床。

卢美婷去拉他,说不用洗,我喜欢你身上的汗味儿。

林木森愣了愣,没再说话。

林木森躺在卢美婷的床上,很快就睡着了。

卢美婷穿着睡衣,端详着林先生,看着他睡熟,又打量着四周,觉得这张床小了,这个房子也小了。

等林木森回到家,妻子早已经虚弱得睡着了。

他看着妻子缩在被窝里瘦削的样子,蜷缩在床上像一只濒死的小猫,他有些于心不忍,给妻子盖了盖被子,盖住她露出来的肩膀。

林木森刚才在卢美婷家里睡了三个多小时,这会儿一点也不困了,他看了妻子一会儿,转身去了厨房,拉开一道窗户缝儿,点上一根烟。

他抽着烟,打量着厨房。

厨房里收拾得井井有条,平时他很少进来,现在他留意到三开门的冰箱,冰箱上可爱的冰箱贴。

厨房是妻子的舞台,她每天都在这里准备一日三餐,即便是现在病成这样,仍旧想着喂养他。

以后也许油烟机不会再开,洗碗机不会再用,菜板会干裂,菜刀也会生锈。

厨房里的人间烟火将随着妻子的离去而彻底熄灭。

也许,以后他可以点外卖或者在外面吃完再回来。

想到这里,林木森愣了一下,他怎么已经开始想象没有妻子的生活了呢?

他猛摇头,想把这个可怕的念头从脑子里摇掉。

一根烟抽了一半,他走出厨房,在客厅里站了一会儿,等身上的烟味儿完全散掉,转身要进卧室的时候,他瞥见地上有一件没拆的快递。

平时他是不会替妻子拆快递的,但今天他不知道怎么了,也许是因为刚才睡得太多,现在了无睡意。他拿壁纸刀开了箱子,打开,是一箱密封胶带。

林木森想起妻子说的那个烧炭自杀的男同学,又想起自己在电视里看到的,烧炭自杀之前,要用胶带把门窗所有的缝隙都封起来。

他看着那箱胶带,听着卧室里妻子的呼吸和因为疼痛而不断发出的呻吟声,瘫坐在地上,久久不能起身。

五　梁山伯与祝英台

林木森开着车,一抬头,已经在卢美婷小区门口。

他愣了一下,问自己,怎么开到这里来了?

他准备调头,电话响,他接起来,是卢美婷。

卢美婷在电话里说,你要是还睡不好,随时可以来我这里睡。我给你在我小区地下车库租了半年的车位。

林木森把车停进新的车位,问卢美婷,我上次来保安不是说这里没有空车位了吗?

卢美婷说，这个车位的业主一直没买车，车位就空着了，空着的车位多浪费，总要有车停进来。

林木森抬头看了卢美婷一眼，卢美婷说，我给你买了个记忆枕，能让你睡得好一点。

林木森躺在卢美婷买的记忆枕上，心事重重。

卢美婷问他，你没事吧？

林木森叹了口气，说，我想她是认真的。

卢美婷问，那你想怎么办？

林木森摇头，我不知道，我真的不知道。

他痛苦地揉揉自己的太阳穴，觉得眼睛发胀，不知道怎么，一说这话就有点想哭。

卢美婷慢慢握住了他的手，说，你放心，我不会让她伤害你的，就算她是你的妻子，但也没有权力决定你的生死。

林木森看着卢美婷，卢美婷也看着他，跟他说，我能抱抱你吗？

你不应该这样对他，即便是因为你爱他。

郝文倩看着眼前俏丽的女孩，此前，她从来不知道，自己丈夫身边一直有一个这样的女孩。

林先生曾经提过，公司有个女同事叫小卢，但那时候郝文倩并没有把这个小卢放在心上，就像她以前一直觉得自己的卵巢很健康一样。

按理说,这些话不是我该说的。但林先生现在很痛苦。

郝文倩冷笑,林先生不是你应该叫的。

卢美婷看着郝文倩,眼神真诚,那我该叫他什么?木森?森哥?都不合适吧?

郝文倩看着卢美婷。

卢美婷很坦然,我就当你是因为病了胡思乱想,瞎说的,你不是真的想要这么做。否则的话,我现在就去报警。

郝文倩嘴唇苍白,问卢美婷,这些都是他跟你说的?

卢美婷说,是,林先生每天晚上都失眠,你不知道吗?他就是被你吓的。

看郝文倩没说话,卢美婷又补充,我这么做也是为了你好,不然要是你真的酿成大错,你会后悔的。有些东西你带得走,但有些东西,你带不走。

卢美婷起了身,该说的我说完了,需不需要我送你回家?

郝文倩摇摇头。

卢美婷说,那我就不打扰你了。再见。

卢美婷走了。

郝文倩把咖啡一点一点喝完。

下午的阳光挺足的,可她还是觉得冷。

林木森回到家,妻子仍旧在睡觉,今天林木森感觉自己仍旧没睡足,他躺在妻子身边,很快就睡着了。

他做了梦,梦见妻子拿着一把刀在悬崖边上追着他跑,他边跑边回头,哀求妻子,别杀我,别杀我。

妻子说,我这不是杀你,我这是爱你啊。我是爱你啊。你这是怎么了?

他惊慌失措,一失足,整个人掉下了悬崖。

他惊醒,睁开眼,身边的被窝空了。他欠起身,就听到了客厅里撕扯胶带的声音。他跳下床,冲出去,按亮了灯,看到妻子正撕胶带,贴住门缝,他去看窗户,窗户的缝隙已经被胶带贴住了。

他觉得自己的心跳得厉害,妻子听见声音,转过身看着他。

妻子虚弱得厉害,头发散乱,满脸病容,脸上的骨头几乎要戳出来,一双眼睛却仍旧亮着光。

林木森声音发了颤,你……

妻子站起来,手里还拿着胶带,看着林先生,问他,要是你做了梁山伯,我一定可以做祝英台。你呢?

林木森觉得喉咙被塞住了,我……

妻子说,你记得我们一起看的《胭脂扣》吗?你不要丢下我一个人好不好?我还想照顾你。

妻子走过来，抱住林木森，林木森的身子僵住了。他觉得妻子的身体特别凉，像一块冰，他几乎要发颤了。这时候他闻到煤气味儿了，煤气味儿越来越重，他几乎不能呼吸。妻子却仍旧紧紧地抱着他，像一个紧箍，越箍越紧。

他再也坚持不住了，用尽了全身力气，推开只剩一点点体重的妻子，妻子轻易就被推开了，她倒在地上。

林木森什么也顾不上了。他仓皇失措，夺门而出，冲进地下车库，把车从车位里开出来，一路狂奔，他脑子里现在只有一个目的地。

郝文倩从地上爬起来，笑了。她重新回到卧室，躺在床上，闭上眼睛，等待着即将到来的一切。

夜安静下来，她又听见了钟表表针转动的声响，睁开眼，看着墙壁，原本取下来的钟表，又挂了上去，这个可以精准走时一百年的机械表，秒针又开始转动起来。

嘀嗒，嘀嗒，嘀嗒……

来自妻子的报复

序

我是一间小旅馆,不大,一共只有九个房间。

我在南方一个叫徘徊的小镇上,几乎没有淡季旺季之分。

九个房间,总是满的。

旅馆是个很私密的地方。

容易产生故事和秘密。

人们对故事和秘密有天然的好奇,那是因为,每个人都有故事,每个人都有秘密。

今天我给你讲一个故事。

8306房间

女人是晚上十一点来登记的。

她随身带了个小包,脸上没有什么表情。

以我的经验,脸上越是没有表情的人,内心的风暴没准就越热烈。

看了她的身份证,今年三十五岁,但看起来并不像。

女人擅长隐藏年纪,以保养,以脂粉,以气质。

为了保护隐私,我们隐去她的真名,就称呼她凉子吧。

深夜里来旅馆的人,随身携带着秘密。

藏在行李箱里,藏在小心拿捏的声调里,藏在手机里,藏在五颜六色的情绪里。

凉子吩咐前台,我要一个安静一点的房间。

8306,是最靠里面的房间,离马路也足够远。

进了房间,凉子换上拖鞋,拉上窗帘,关了灯,打开手机摄像头,满屋子寻找房间里有没有隐藏的摄像头。

看得出来,她是个谨慎的人。

确认完以后，凉子只开了夜灯，坐在床上，想了想，又觉得不妥，起身坐到了沙发上。

幽暗中，打火机闪烁两次，才点着一根烟。

抽了一口，被呛得直咳嗽，眼泪都出来了。

人抽烟的时候，烟雾就像是美颜相机里的滤镜，一切都变得不真实起来。

敲门声响，女人按灭了并没有抽几口的烟，起身开了门。

男人站在门口，手里拎着夜宵。

凉子似乎有些不高兴，你来晚了。

男人举了举手里的夜宵，我去买吃的了，怕你饿。

凉子没说话，闪过身，男人跟进来，看见了还没来得及消散的烟雾，你抽烟了？

凉子没有回答，走回到刚才坐的位置，坐下。

男人跟过去，把夜宵拿出来，问凉子，你吃吗？

凉子摇摇头。

男人有些尴尬，自己埋头吃起来。

男人吃到一半，凉子终于主动开了口，宏宇，开始之前，有些话我想还是再跟你确认一遍。

被凉子叫作宏宇的男人手里的筷子停了停，反应慢一拍似的，点头。

凉子说，我跟你只有这一回，以后互不纠缠，无论在这个房间里发生了什么，都留在这里，谁也不会往外说，谁也不会往心里去，你答应吗？

宏宇低着头，不吭声。

凉子又问，你要是不愿意，我也不强迫你。

宏宇这才抬起头，看着凉子，说了句，我答应。

宏宇从塑料袋里拿出四瓶红酒，我不知道你喜欢哪一种，就把店里有的都买了。

凉子说谢谢，我先去洗澡。

进了浴室，面对着全透明的玻璃，凉子有些为难。想了想，把两条浴巾撑开，搭起来，勉强算作遮挡。

浴室里传来水声，宏宇背对着浴室开红酒，身子甚至有些僵硬。

食物的香气里，沐浴露的气味也传出来，带一点潮湿的诱惑。

宏宇表情里，也藏着风暴，有所期待，又有所畏惧。

一直等到身心滚烫，凉子才裹着浴巾走出来。

宏宇转过身，看正在冒着热气的凉子，能察觉到，她的眼神和脸色都变得决绝起来。

宏宇身心滚烫，扭着身子，保持了一个别扭的姿势。

在未得到凉子的首肯之前，他一动不敢动。

凉子灌自己红酒，呛到咳嗽。

宏宇要开口劝，话到了嘴边，又咽回去。

凉子喝完了一整瓶，皮肤泛起了潮红。

凉子觉得自己是一辆汽车，红酒就是她的燃料。

她有了力量。

自己走到床边，钻进了被窝，蠕动了两下，把浴巾扔了出来。

浴巾蜷缩在地毯上，好像也摆出了个邀请的姿势。

宏宇洗完澡，走出来，皮肤认真搓洗过，泛着红。

故意和凉子保持了一小段距离。

站了好一会儿，直到凉子的声音传出来，我准备好了。

宏宇得到了允许，如蒙大赦，但姿势仍旧僵硬。

走过去，坐下来，钻进了被窝，凉子肌肤的触感隔着距离都能传过来，宏宇心跳得厉害。

这样的时刻，在他春梦里无数次出现过，但这一次，生活让它莫名其妙地成了真。

听着凉子胸脯的起伏，宏宇压抑已久的侵略性爆发了出来，他欺压在凉子身上，抓住凉子的肩膀，要把她掰开揉碎，一点一点揉进自己的身体里。他在侵略，侵入；他在享用，在挥霍。他努力想把一秒当成三秒来用。

他颤抖着，喘息着，叫了声"凉子"，似乎没有意义，也没打算有下文。

凉子没有回应。

她不迎合，也不阻止，她咬着嘴唇，纵容着身上的男人。

只有眼泪流下来。

大滴大滴地流下来。

宏宇滚烫的身子，却被这些眼泪冷却了下来。

他停止了动作，俯视着凉子，女人流眼泪的时候，总是说不出的妩媚动人。

宏宇却叹了口气，要不，就到这里吧。

说罢，要翻身。

凉子却抓住了他的胳膊，指甲深入到肉里，我已经想好了。他能出轨，我为什么不能？我可以原谅他，但我也得有个出口。你就是我的出口。

宏宇的身子一滞，脸色和姿势里都有了痛楚，悬着身子，迟迟不做决定。

凉子第一次主动抱了他，你喜欢我，我知道，这么多年了，我都知道。我选择给你，我不亏。你喜欢我，你就拿去。今天晚上，我是你的。你对我做什么都行。你不是在冒犯我，你是在帮我。只有你能帮我。我太疼了，满脑子都是他跟那个女人在床上的样子，他穿的内裤都是我买的，我洗的。他穿着去睡别的女人。我却只能原谅。但我过不了自己这一关，我想不明白，我只能去做。只有你能帮我。

你别怕，来吧，你想过无数次了对吧？来吧，像个男人一样。你要了我，我就跟他一样了，我们就扯平了，就能继续往下过生活了。

这些话，也成了宏宇的燃料。
他被重新激起了勇武，再一次振作起来，挺入，搅拌，冲撞。
凉子忍着疼，咬破了嘴唇，不肯叫出来，似乎叫出来才是背叛。
宏宇却跟凉子较上了劲，他一定要让她叫出来，只有她叫出来，才是对他的某种承认。
尽管，宏宇自己也不知道，这种承认到底是什么。

两个人僵持着。

宏宇的起伏中，凉子看着天花板，天花板上多了个旋涡，中间软下去，周围转起来，通过旋涡看出去，天空里有云和鸟飞过。

凉子咬破了宏宇的肩膀，留下了一个秀气的牙印。
宏宇身子一空，给了，也输了。
凉子抽着烟，娴熟，带了点享受。这么快就学会了，适应了，自己也觉得惊讶。

宏宇袒露着身子，放着空，发着呆。

两个人无话。

空气中，有烟味儿，汗味儿，背叛的腥味儿。

烟雾凝聚，飘散，消失。

时钟走得很慢，谁都没睡着，但都在努力假装睡着。

清晨。

凉子醒过来，宏宇已经不见了。

凉子看着阳光透过窗帘的缝隙溜进来，飞扬起来一些尘土。她没有察觉到什么报复的快感，但她觉得内心平静了。

床头，手机亮起来，是她和丈夫的婚纱照，一条"未读"盖住了丈夫的半张脸，打开，来自宏宇，只有简单的一句话，希望你幸福。

凉子反复看了这句话，似乎从里面看到了这个男人是斟酌了多少次，才打出来这几个字。

凉子心里一阵怅然，觉得有什么东西，永远地离开了她。

我三十三岁，

失业，

离婚,

又脱发

张先生早上醒来，发现自己又掉了七根头发。

这七根头发，原本各自拥有名字，张先生以战国七雄为它们命名：秦、楚、齐、燕、赵、魏、韩。

现在已经无法考据这七根头发当中，是谁当先殒命，但显然它们七位唇齿相依，绝不独自苟活。

失去这七根头发之后，张先生头顶上时常觉得冷，原本七位战士的护卫让他至少还保持着男性尊严，可现在尊严已经一扫而光。

张先生头顶上一片空虚。

如今可能被好事者唤作"光明顶"抑或"地中海"乃至"中央盆地"。

尽管光明顶之外，依附在周围的头发还不至于全部丧命，但张先生深知，这是迟早的事。

这反倒更让张先生焦虑，知道它们也会脱落，但不知道什么时候脱落。

它们可能脱落于用来储存美梦、噩梦和眼泪的枕头上，如同某种不可解的墨迹。

可能脱落于清晨从远方赶来的季风中，不待张先生反应，就被季风带走，去向未知；或被海鸟衔走筑巢；或跌落于一盘羊肉汤里引发争吵；或永远在风中飘来荡去，永无安宁，直到归于尘土。

可能脱落于十年后再见面的旧情人肩膀上，男人已有老态，女人勉强算风韵犹存，两个人只能给予对方寒暄，还有一个必须事先考虑避嫌的拥抱。

旧情人问起来，你也秃了啊。

他也只能点头，用幽默掩饰伤感："岁月雕琢我，把没用的都扔掉"，以此换来旧情人一个苦笑。

张先生走在人群中，用头顶头皮感受着据说是本世纪最热的夏天。

阳光和热量直奔他头顶，又被反射出去，直达三十层大楼上，照在一个累极了的程序员眼球里。

上午十点，张先生钻进星巴克，点了最便宜的咖啡，掏出怀里在711买的饭团果腹，接下来直到六点半之前，他都要窝在星巴克里假装上班，杀死那些对他来说已然堪称奢侈的时间。

他抬起头，看到了同样秃顶、同样来星巴克假装上班的沦落人，他们彼此对望一眼，光线在他们秃掉的头顶上反射来去，形成甚至有些曼妙的曲线。

他们谁也不会揭穿谁，每个人心里都有一点经历人间沧桑之后的默契。

张先生饱受失业和脱发的折磨，除此之外，岌岌可危的婚姻，也只剩下一纸婚约。

叛逆的儿子并不怎么爱他，原因无外乎他没有值得儿子敬爱的特点，没能开着跑车去学校门口替儿子炫耀，甚至没能及时出席家长会。

老得更慢一点的妻子，不愿意和他一起逛街，两个人走在路上要一前一后，生怕和他扯上一点关系。

自从妻子坚称被张先生震天响的呼噜吵到耳鸣之后，妻子坚持要求他在客厅撑起一张行军床，作为安放他疲倦身躯的容器。

晚上关了灯，有时候月亮会从客厅窗户透进来，把平凡不堪的事物映照出形状古怪的倒影。

张先生睡不着，细数这些倒影，顺便从回忆里寻找可以入梦的材料：

多年前，那个笑起来声音洪亮，眉眼之间有英气，嘴硬心软的北方姑娘，正含着眼泪看着他，等待他给她一个讨饶的拥抱。

他们一起驾车，从北边跑到南边，给城市里丑陋不堪的建筑赋予诗意。

梦里，张先生有一个美好的姑娘，一份堪称体面的工作，一张年轻的脸,更重要的是一头乌黑浓密的头发。

现实中,一切都离他而去。

他甚至不太明白自己做错了什么。

等到张先生在星巴克里,看到妻子挽着另外一个陌生男人的手,冲上去叫骂之前,妻子一脸如蒙大赦,熟练地从包里递出随身携带的离婚协议。

就在星巴克,陌生男子在外面抽烟,妻子等待着张先生签署属于她的自由书。

儿子跟妻子,财产严格一比一,房子没法分就卖掉,卖来的钱,一人一半。

张先生忍不住去摸自己的头发,生怕这时候再掉落一根有失颜面。

最终,妻子拿着有张先生签名的离婚协议,挽着陌生男子的手,大步离去。

张先生收获了来自周围其他失业脱发同仁们同情又安慰的目光,张先生只能报以微笑。

星巴克里氛围开始低落下来,似乎每个男人都在张先生身上或多或少看到了自己的未来。他们敲打着键盘,看着手机,尽可能掩饰恐惧。

男人无论到了什么时候，面子都是个问题。

当初用以展望美好未来的婚房，换成了银行卡里的数字，唯一值得安慰的是，这个数字或多或少也算一笔不菲的费用。

失去住所的张先生想像年轻时一样，跟人合租，但毕竟已经到了这个看重体面的年纪，睡眠质量又差，不习惯有人吵闹，最终还是作罢，咬着牙，租下一间单身公寓。

尽管广告语上写着"这就是你的家"，但工业化的简单装修、烂俗廉价的壁纸、散发出古怪气味的冰箱、伤痕累累的地板，无一不提醒张先生，这里不是家，不过是供人短暂容身的容器而已。

但至少不用去星巴克假装上班了。

张先生继续投简历，找工作，参加面试。

三十三岁的年龄竟然成为他越不过去的一道坎儿。

简历只能换来拒绝。

张先生头发越来越少，残留的头发枯黄、短粗，没有光泽，像他本人一样。

张先生想着另辟蹊径，拿出一大半的存款，再三对比之下，买下一份理财产品，每天有收入，至少不至于坐吃山空。

等到P2P暴雷，创始人跑路之后，一向精致的APP再也打不开，张先生也跟着受骗群众去了理财公司。愤怒的群众一拥而上，搬空了公司里残留的一切。

张先生跑得慢，最终只从理财公司搬回来一块牌匾，上面写着：修身养性。

张先生扛着"修身养性"的牌匾走在路上，惹来众人的目光，第一次，众人不再看他的光明顶，而是把目光聚焦在牌匾上。

张先生回到公寓，把牌匾挂起来，端详着，没哭，倒是笑出声来，越笑越夸张，先是脸上肌肉颤动，然后头发也跟着起起伏伏。不可避免，又有几根头发打着旋飘散下来，张先生伸手去接，最后还是徒劳无功，那些脱落的头发似乎一旦从头顶离开，就变得轻飘飘，肉眼可见，却无形无质，轻易就穿透了张先生的手掌。

"修身养性。"

张先生默念着，不知怎么就驱散了脑海里不时蒸腾而起的自杀念头。

死也不能解决问题。

活着至少还能保住残留的头发，哪怕只是暂时的。

但人活着，头发就在。

它们已经算是顽强，就算为了它们，也不该死。

张先生给自己煮了一碗速冻饺子，头顶反射着电脑屏幕的莹莹蓝光，继续投简历，像一条嗷嗷待哺的老狗，等着主人给一份口粮。

夜里，张先生又站在镜子前，想了想，觉得给头发取名战国七雄，的确不妥，六国不都被秦灭了嘛，不吉。想到此处，张先生灵机一动，在灯光下又选出来七根强壮的头发，给它们举行了授勋仪式，鼓励他们：

好好待着，从今天开始，你们就是：赤、橙、黄、绿、青、蓝、紫。你们就是我生命中的彩虹，you are my rainbow！

爸爸妈妈

缩小了

八岁那年,我察觉到爸爸妈妈开始缩小。

一开始,我以为自己看错了。

我习惯仰着头看他们,这个角度总是能让我发现秘密:

爸爸妈妈都是巨人,来自巨人之国,要是我满地打滚,他们会毫不犹豫,替我摘下任何一颗星星。

爸爸妈妈会魔法,我骑在爸爸脖子上就能学会飞翔,缠着妈妈哭两声她就能从枯树枝上变出苹果。

他们怎么可能缩小呢?

有一天,他们给我测量身高,据说这是家族传统。

门框上刻度一路爬上屋顶,爸爸跟我说:你瞧,这些刻度就是时间,时间就长这样。

我恍然大悟,非常兴奋,原来我每年都在追着时间跑。

不如爸爸妈妈也量一下身高吧。

我想知道你们是不是跑赢了时间。

爸爸妈妈照做了，结果我发现他们正在缩小，他们都比以前矮下去那么一点点。

我吓坏了，赶紧向他们宣布这个惊人发现。

谁知道，爸爸妈妈听完只是哈哈大笑，说我胡思乱想起来很可爱，又问我是不是《天方夜谭》看多了，随后又摸我头发，语重心长：

不是我们长矮了，是你长高了。

你会越长越高，总有一天会超过爸爸妈妈。

我当然想长高，可我并不想比爸爸妈妈高，那样一来，夏天我就没办法躲在爸爸影子里做游戏了。

我把这件事告诉了小伙伴们，可他们只对棉花糖和遥控汽车感兴趣，丝毫不明白我小小年纪在慌张些什么。

我只好说服自己，肯定是我看错了，爸爸妈妈都是巨人，巨人怎么会缩小呢？

十四岁时，我开始发育。

经常能听见自己骨骼生长时发出响动，裤子到了晚上就短了一截，厨房架子高处不再遥不可及，爬上屋顶站直了看出去能看到更多风景。

我突然就明白，长大对孩子来说是一种诅咒。

我长高，爸爸妈妈明显矮下去，我已经不比他们矮多少了，要是我踮踮脚，一不小心就能超过他们。

这下连他们自己也怀疑起来，不过他们很快就得出结论：

我们变矮是因为你长太高了，把我们给比下去了。

孩子长大，父母就会看起来矮小，这是自然规律，不必大惊小怪。

不过这一次，他们语气没那么笃定了。

这一年，我像大多数青春期小屁孩一样叛逆，自以为是，令人讨厌，而且还不自知。从学校、街道，捡起无数坏毛病放进口袋里，涂抹在脑门上，流露在眼神里。

我什么都看不惯，那时候我自己还不知道我只是为了看不惯而看不惯。

但爸爸妈妈从不嫌弃我，他们还是容忍我、纵容我、喂养我，当然也管教我，变着法儿揍我，等着我成年，希望我会丢掉一身毛病，成为一个好少年。

十八岁，我已经彻底发育完成。

身高基本定型，足足一米八。

妈妈说，二十五鼓一鼓，三十三蹿一蹿，说不定你还会长高。

这时候，爸爸妈妈已经需要仰视我了。

他们站在我身前，只能勉强到我腰间，妈妈任由灰尘落到厨房架子高处，爸爸生气时也没办法捏我鼻子，我开始帮家里换灯泡，大扫除时扫掉天花板上那些蜘蛛网。

一家三口上街,我不得不一手拉着爸爸,一手拉着妈妈,我总担心他们被淹没在长腿丛林里。

妈妈把更多时间用来给我挑选衣服,爸爸送给我一个刮胡刀,告诉我,男人有了刮胡刀才算是成熟。

我们在饭店吃饭,我塞下一大堆食物时,他们已经吃完了在凝视我。

原来他们不但丢失了身高,还丢失了食量。

我有点想哭,不知道是不是因为芥末,但我忍住了。

晚上,等他们睡着了,我独自一人盯着全家福看。

照片拍摄于我出生那年,那时候爸爸妈妈还是巨人,爸爸抽烟时烟雾成云朵,妈妈把星星当耳环,我坐在他们中间,无比娇小,只有那么一点点大。

可现在一切都反了过来,我长高了,爸爸妈妈却成了小矮人,我不知道这中间发生了什么。我觉得心里充满罪恶感,爸爸妈妈把身高给了我,食量也给了我。

我再也忍不住,大声哭了起来,惊动了爸爸妈妈。

爸爸妈妈睡眼惺忪,妈妈踩着凳子站到我面前,伸出手给我擦眼泪,教训我,男子汉不准哭。

爸爸踩着一只瑜伽球,像个杂技演员一样,从冰箱上层取出一瓶啤酒,咕嘟咕嘟喝了个爽快,然后告诉我:我们缩小没什么,反正你现在已经长大了。

妈妈补充说，就是，别人都变老，而我们只缩小，我们还划算一点。不知道有多少人想跟我们换呢。

两个人默契十足，对视一眼，完全不顾我刚哭过，竟然哈哈大笑起来。

我只好跟着笑，然后就忘记了伤心这回事。

二十多岁，我遇到了一个女孩。

这是我第一次谈恋爱，完全没有经验，生怕因为自己表现不好，就永远错过这段缘分。

我听说女孩无比看中第一印象，第一印象简直就是一个筛选机制，用来淘汰大部分男人。

我紧张极了，女孩对我来说永远不可理解，恋爱总是一门玄学。

等我和女孩开始约会，爸爸妈妈分别躲在我衬衫上左右两边口袋里，时不时爬到我肩膀上，凑近我耳朵，给我一点建议。

妈妈始终在观察女孩的一举一动，倾听我们聊天时能不能触及灵魂深处。

爸爸提醒我一根鼻毛窜了出来，不等我反应，就抓着那根鼻毛荡了个秋千，哎呀，鼻毛被扯下来，我爸落进右边口袋，和我妈成功会师。

一顿饭还没有吃完，妈妈已经偷偷告诉我，她现在喜欢女孩胜过喜欢我，甚至有一瞬间还恍惚了起来，好像她应该在女孩口袋里，对我进行面试,看我能不能配得上人家。

爸爸也附和,好像是有点配不上。

我气不打一处来,拜托他们,搞搞清楚你们是谁爸妈。

三十岁,我决定把我一生交付给她,接受她所有美丽、缺点以及坏脾气。

我们结婚了。

婚礼场面很小很温馨,爸爸妈妈盛装出席,站在台上发言时,我提前在他们面前放上一面放大镜,还有两个特制扩音话筒,这样一来,宾客们就能第一时间看到他们,聆听那些美好祝福,尽管千篇一律,但必不可少。

我和老婆生下一双儿女时,已经习惯了爸爸妈妈跟我们玩捉迷藏。

他们喜欢躲在咖啡杯里,窗帘后面,沙发缝隙里。

有时候还会坐在盆栽里一片叶子上看太阳落下来。

爸爸学会使用冰箱贴玩攀岩,爬到冰箱顶端再跳进一杯果汁里游泳。

妈妈用火柴和泡泡糖做成热气球,轻易就能降落到家里任何一个地方。

他们没有忘记传授我和老婆育儿经验。

尤其擅长逗笑孙子孙女,陪他们玩耍。

有时候我会一阵恍惚，好像看到了他们当年就是这样养育我，用自己一部分人生给我当玩具，耐心等我长大。

夜里，等老婆和儿女都睡下了，爸爸妈妈就躺在我手掌上。

我们一家三口一起看满天繁星，我教他们如何辨认星座，妈妈讲述民间故事。爸爸让我赶紧点上一根烟，他判断风向，躺好，等烟雾飘进鼻腔。

等我到了四十多岁，儿女们都长大了，爸爸妈妈已经不太容易被找到。

我们全家人都学会了使用放大镜，寻找爸爸妈妈已经成为每天日常，除非他们愿意，否则他们会故意消失，让我找不到，有时候是一整天，有时候甚至一两个礼拜。

我不知怎么就知道了原因，他们是在强迫我演习，演习他们走后我该如何照顾这个家。

我忍住悲伤，努力让自己适应，不想让他们失望，他们享受人生静谧时，我尽量不去打扰。

除非，我遇到了难题，发觉自己即便已经四十岁，却仍旧应付不了生活。

这时候他们就会及时出现，两个人学会了乘坐灰尘，飘浮在光柱中，跟我打招呼。

这时候，老婆和孩子们都会躲出去，尽量不出声，把时间留给我。

爸爸总是希望我自己开悟，就像禅宗一样，自己领悟比什么都重要，人生中有些东西无法传授。

妈妈就鼓励我，你自己想想，你能处理好。

尽管声音几不可闻，但我还是能听清楚。

我重拾勇气之后，他们就又消失了。

从我五十多岁开始，靠着肉眼已经看不见爸爸妈妈，就算借助显微镜也无济于事。

我经常一个人盯着斜射的光柱发呆。

光柱里，灰尘飘浮如飞船，我不知道爸爸妈妈坐在哪一艘飞船上。

我只能凭感觉判断，他们在什么地方，想象他们在做些什么。

想要听见他们说话，早已是一件难事。

只有在极少情况下，我才会偶尔从空气中辨认出一两声只言片语，或一个字，或一个词。

我把它们记下来，靠着家族回忆，花一点时间，才能拼凑出这些词句究竟是什么意思。

有时候，这些词句毫无意义，有时候又饱含机锋，充满人生智慧。

我总是会大声回应他们，但我不知道他们能不能听见。

只有一点我可以肯定，他们一直都在这里，陪伴永远不会到期。

只要他们还在这里，我就不至于活成一座山，只能被别人依靠，而自己没有依靠。

只要他们还在这里，不管多大年纪，我都还可以是个孩子。

一天清晨，太阳格外高，天空蓝到透明，风从无数城市裹挟着故事吹来。

我从梦中醒来，看到孩子们站在我床前，他们惊慌失措，又郑重其事，显然是用了很长时间来考虑怎么开口。

最终他们异口同声，爸爸，你有没有发现这些年你正在缩小？

我没有惊慌，反而大声笑了起来——

别害怕，我一直在等待这一刻呢。

肥皂男

过了三十五岁,作为丈夫和父亲的已婚男赵大头,每天早上醒来都发现自己消失了一点。他知道自己正在被消耗,就像一块肥皂。

首先消失的,是他的大鸟。

大鸟这个称呼是他坚持的。

尽管妻子可能会不以为然。

话又多又密的妻子,喜欢可爱的东西,恨不得在一切事物面前都加上一个"小"字。

妻子称呼大鸟叫作小鸟。

赵大头懒得跟妻子计较,下班回家之后,他已经无力再和妻子进行长达四十分钟到两小时不等的辩论赛。

早一点意识到"老婆永远是对的",代表着男人终于走向了成熟。

此前,他并不知道,被妻子称作小鸟的大鸟会磨损,就像一块肥皂。

第二个孩子出生之后,除了撒尿,大鸟很少被使用。

它安静地待在巢中,忍受着潮湿和瘙痒,总是懒洋洋的。

即便有时候妻子哄好孩子终于想起它来,决定挑逗一番,它仍旧毫无表示,冷漠得像在小便池前偶遇的上司的脸。

妻子手酸和嘴酸之后,困意来袭,放弃了努力,睡前还不忘以温柔语调安慰赵大头,没事儿,你可能太累了,然后陷入她绵长的睡眠中去。

赵大头也早已经过了对这种事较真儿的年月,鸟若不想飞,就让它待着吧。人活着最重要的就是不拧巴。

可是赵大头还是发现了它在缩小。

在他的感觉里,它从一只鹰隼缩小成一只金丝雀,迟早会缩小成为蜂鸟。

他习惯于在小便池前掏它,动作已成习惯,凭借肌肉记忆,自动找准角度,盲掏即可。但今天赵大头第一把掏了空,几乎闪到了他的手腕。

赵大头审视它,见它正以肉眼可见的速度缩小,赵大头不由想到一个英文单词,Tiny,娇小的意思。

赵大头无力阻止大鸟变得 Tiny,他最好的办法就是视而不见。

好在妻子也渐渐忘记了家里还有一只鸟,她忙于照顾两个孩子,无法抽身。

被忘记的大鸟在一个傍晚飞走了。

紧接着不见的是赵大头的舌头。

他原本就话不多。

婚后，妻子为他代言，即便是和人吵架，与人争执，在饭局上聊起家庭细琐，教育调皮捣蛋的孩子，妻子的舌头里说出来的话，都是赵大头想说的，也比赵大头说得好。

赵大头觉得自己没有必要开口，尤其是在和妻子争吵的时候。赵大头很快就发现，自己的嘴巴就像一只生蚝，不开口还能活着，开口就会死掉。

长时间不使用的舌头，终于消失了。

赵大头竟然也没觉得有什么不习惯，这不影响他吞咽、抽烟、喝酒。

毕竟语言是苍白的。

而且妻子完全有能力成为他的舌头。

赵大头希望接下来消失的是他的耳朵。

孩子们的哭闹，妻子的埋怨，堵车的时候绵延不绝的鸣笛声，座位旁边罹患鼻炎的女同事每隔两分钟擤鼻涕的巨大声响，妻子睡着的时候吹气的声音，洗衣机轰鸣，电冰箱恒温器开了又关，这些都让赵大头烦躁。他总是忍不住想要钻进某一个洞里，可以和这个世界隔绝开来。不知从何时开始，他对这个世界充满了不耐烦。

如其所愿。

两只耳朵也先后消失了。

声音经过原来的耳道,发现是死路一条,干脆就原路返回,告诉其他同伴,这里是死胡同,都散了吧。

久而久之,没有声音再次光顾。

耳道清净,赵大头得以在自己的大脑中回顾青春,再也不用忍受世间的烦恼。

上班路上,他看到地铁里那些一张一翕的嘴巴,说出下一秒钟就毫无意义的话语。毛茸茸的耳朵,贴近手机听筒拼命聆听,他觉得很滑稽,同时胸中升起一股难以言说的优越感。

不说,不听,才是人生真谛。

明白了这一点,鼻子消失了。

他给儿子换尿布的时候,不用再闻令人不愉快的气味,去公共厕所也不用担心樟脑球令他过敏,电梯里的香水,地铁里的汗液,上司的口臭,打印报表的油墨,电脑主机过热的塑料味儿,雾霾中时隐时现的烧荒草的气息,一切都不是问题了。

他凭着记忆回顾气味,那里只剩美好的部分:初恋情人送给他的鲜橙,雨后开窗河对面吹来的微风,拆开童年第一个玩具包装纸,气味带着声响,这些气味对他来说足够受用了。

随后,他的眼睛也渐渐不能视物了。

看不见的速度如此之快,其实是他故意为之。

城市丑陋的建筑扎他的眼睛,他想要向远处看的目光被雾霾擒获,而后封锁。家庭琐事的劳碌使得妻子身体生出赘肉,皮肤开始松弛,曾经令他心驰神往的女人,如今越来越陌生。他觉得自己有罪,他又没有更好的办法免除这种自责,除了选择故意不去看。

孩子们日渐长大,刮花了地板,在白色墙壁上涂鸦,肢解了他少年时代收藏的手办,从他舍不得示人的相册里抽出照片,在上面写写画画。

看到的一切,令他烦躁,甚至有时候心碎。

因为听不见、闻不见,视觉就越来越敏锐。

他看得见妻子眼神里对他的埋怨、厌倦。

孩子们眼神里对他的不屑。

也看得见邻居眼里的轻蔑。

路上他遇见年轻女孩忍不住多看两眼,却从女孩眼里收获了鄙视和恶心。

网络上的信息千篇一律,人们为了同样的新闻感动或者愤怒,发出同样廉价的感慨,脏话顺着键盘翻飞,乏善可陈,毫无创意。

刺目的人造灯光代替了星星。

广告牌像是长在建筑物上的大块湿疹。

漂亮女孩们争先恐后地拥有同一张脸。

赵大头觉得没什么值得自己去看了。

他的眼睛消失了。

后来消失的是他的脑袋。

思考令他厌倦。

尽管看不见、听不见、闻不见,但他还是没能摆脱情绪的奴役。

不快乐折磨着他。

他又说不上来到底是为什么不快乐。

没有什么比说不上来为什么不快乐更让人不快乐的了。

他渐渐发现,他每天所进行的日常,日复一日,并无变化,不过是重复。重复如机械,几乎不需要思考。

大脑溢出花样繁多的情绪,除了大块大块的不快乐,此外别无用途。

赵大头眼睛消失之前,读到过一个故事。

老和尚一心向佛,发了愿要成佛,为了证明佛法之法力无边,决定亲自做个行为艺术。

老和尚挖了个大坑,自己坐在里面日夜敲击木鱼,令徒弟们将他埋葬,并且表示,埋葬我之后的百年光景,你们仍旧可以听到我敲击木鱼的声响。这就是佛法。

在众和尚的围观中,和尚被活埋而圆寂。

还没能读到这个故事的结局,赵大头的眼睛就消失了。

他经常琢磨这个故事,想知道和尚被活埋之后,木鱼到底响没响,但直到脑袋消失,也没能琢磨明白。

脑袋消失以后,赵大头消失的速度明显慢了下来。

剩下的四肢还是像往常一样，早晚洗澡，准时乘地铁上下班，为了养家糊口而继续996，生命力转化为银行卡里的数字，转化为妻子的新裙子，孩子们的学费，父母的医疗费。

他兢兢业业地工作，不迟到，不早退，也不请病假，不和领导争吵。

他机械地尽着作为儿子、丈夫和父亲的义务。

某一天，他不存在的耳朵，不存在的脑袋，听到了木鱼的声响。

那天立春，邻居王大爷早早醒来。他推开窗，看着只有四肢的赵大头准时出门，走出去两步，突然腾空而起，似乎失去了重量，而后越升越高，手脚自然而然地内折，组成一个球形，球形随风而去，透明了起来，变成了一个五彩斑斓的肥皂泡。初春的阳光穿透他，逗弄他，给他颜色。还带着寒气的春风，裹挟着他，给他翅膀。

赵大头变成的肥皂泡，就这样越飘越高，和飞鸟打招呼，俯视着他厌倦已久的人间。

最终肥皂泡离开了王大爷的视线，忽上忽下地乘风而去，飘向遥远，飘向未知。

肥皂泡体内居住着一道小小的彩虹。

当你的情人改名叫玛丽

小五仁的日子，过得并不轻松。

他的家族自成名以来，从未遭受过如此的待遇。

要知道，能把花生仁、芝麻仁、核桃仁、杏仁、瓜子仁分别对应"仁义礼智信"，驾驭成一种糕点，绝非易事。

小五仁的祖上，可谓一时风光无两。

上到达官贵人，下到贩夫走卒，人人都吃过五仁。

要说药用，五仁可顺气补血、止咳化痰、润肺补肾。

要说名堂，吃五仁即是提醒自己不忘五常，那是中国人做人的根本。

可是到了小五仁这一代，一切都变了。

五仁从炙手可热，到人人喊打，上了种种黑榜，人们高叫着"五仁滚出月饼界"，从小吃五仁长大的孩子们，开始控诉五仁到底有多难吃。

小五仁心中愤懑，却又不知该跟何人反驳。

遍看天下，都是敌手，可是拔剑四顾，心却茫然。

眼见着，云腿月饼，蛋黄月饼，甚至咸肉月饼登堂入室，纷纷来踢馆，曾经月饼界的大佬五仁家族，集体谢幕，流落的流落，变节的变节。

小五仁心里很苦。

让小五仁心里更苦的，是一个女孩。

女孩的名字好听，味道好闻，好吃到飞起。

她的名字叫椰蓉。

小五仁觉得，椰蓉一听就是女神的名字，而椰蓉也自然是名副其实。

小五仁喜欢椰蓉不是一天两天了。

当年，五仁家族和椰蓉家族，在月饼界都是名门望族，为了血统的纯正，两家从未有过婚嫁，但世代交好，常常往来。

小五仁年幼的时候，家里钟鸣鼎食，常常与椰蓉玩耍，青梅竹马，感情深厚。

可现如今，椰蓉已跻身月饼界女神，而五仁却沦为阶下囚，难以摆脱终将被遗忘的命运。

在人们簇拥着高喊椰蓉名字的时候，小五仁只能远远地看着。

椰蓉还是那么好看,那么好吃,可再看看自己,难免有些自惭形秽。

小五仁听过一句话,深以为然,觉得写的就是自己的心境。

　　当你的情人改名叫玛丽,你怎能再送她一首《菩萨蛮》?

坊间盛传,椰蓉家族将和月饼界新贵云腿家族联姻,彻底改变月饼的面貌,号称是月饼界的革命。口号都打出来了,推陈出新,适应变化,历史终将成为历史。

小五仁知道,他虽然年幼,但已经成了历史的一部分。

但小五仁也有他的骄傲。

即便是人们都不再喜欢五仁了,小五仁仍旧要扛起这面旗帜,以某种方式,哪怕是黑暗料理,他都要存在下去。

他试过许多方式改良,但唯一不肯改的,就是五仁的五种果仁。

正如五常是中国人立身之本一样,仁义礼智信,永远都不应该过时。

小五仁试过辣炒五仁月饼,烧烤五仁月饼,蒸五仁月饼,爆椒五仁月饼,虽然仍旧被鄙视为黑暗料理。

但小五仁觉得,有声音,总比被遗忘要好。

每个人，每件事物，都要在这个人世间找到自己存在的意义。

小五仁决定告别心爱的姑娘，去异国发展。

虽然国内没有五仁的土壤了，但小五仁坚信，在异国他乡流浪的华人，还想尝一尝当年家乡的味道，他决心开发一款豆瓣酱拌五仁月饼罐头，取名为"每逢佳节倍思亲，思亲就吃拌五仁"。

小五仁并非守旧之人，只是他有他的坚持。

临别之际，小五仁鼓足勇气，见了椰蓉。

椰蓉女神范儿更足，颇有出尘之态，小五仁看着自己心爱之人，越发光鲜耀眼，心中五味杂陈，千言万语只能化成一句诗：

若他日相逢，我该何以贺你，以眼泪？以沉默？

但话未出口，又觉得矫情，大丈夫志在四方，即便心里断壁残垣，仍旧要留给眼前人一个潇洒的背影。

说出口的却是一句：

今日暂别，山高水长，大丈夫不比小儿女，不诉离殇。

他日江湖相逢，定当把酒言欢，诉别来甘苦，一醉方休。

起身要走,椰蓉却拉住他。

小五仁再也动弹不得,椰蓉近乎以全身力气,砸进了小五仁怀里。

小五仁抱紧椰蓉,往事翻江倒海而来。

椰蓉喃喃念了一首《长干行》:

> 我头发刚刚长出来,半盖住额头。
> 折了一枝花在门前玩耍。
> 你骑着竹马而来,围着井栏折下青梅。
> 我们住在长干里,觉得世界就这么大了,什么都不懂,两小无嫌猜。
> 今日君要远行,我不知道你要去多远,只是怕,一别再难相见,门前也长满了青苔。
> 饶是如此,你回来之前,记得给我捎信儿。
> 我去迎你,不惧风沙,不怕路远。

小五仁不允许自己流眼泪。
只能紧了紧怀中的女子,决绝而去。
只剩椰蓉远远望着小五仁的背影。

一入江湖岁月催。

小五仁和椰蓉有了各自的生活。

月圆时节,思念满溢。

一个"忽见陌头杨柳色,悔教夫婿觅封侯";

一个"我寄愁心与明月,随君直到夜郎西"。

五年后。

小五仁有了成就,五仁月饼在海外遍地开花,"仁义礼智信"美名远播,天下游子每逢佳节,不吃五仁月饼,总觉得少了些什么。

小五仁脸上有了风霜。

飞机落地。

并没有人来迎接。

小五仁已经风轻云淡,走出机场。人群中,有一人,若轻云之蔽月,若流风之回雪,远远看去,若太阳升朝霞。

此人不是椰蓉还能是谁。

岁月似乎并没有在椰蓉身上留下什么痕迹,只是让这样绝尘的女子更有味道。

椰蓉以流星之姿,砸进了小五仁怀中。

两个人相拥,久久无话。

离开机场的车子上,椰蓉开着车。

小五仁问,去哪儿?

椰蓉没有回头,只说,回家。

一年后,小五仁和椰蓉的孩子出生,取名冰皮。

当你的情人已改名叫玛丽,你应该对她说上一句——

You are my fucking sunshine!

出轨指南

老张想出轨不是一天两天了。

出轨这个念头,究竟是什么时候冒出来的,连老张自己也犯糊涂。

或许是在老婆的腿还压在自己身上的失眠深夜,或许是长腿大胸的年轻女人把诱惑几乎喷在自己脸上的午夜场电影,或许只是单纯地想要重新获得激情的铤而走险。

老张说不清楚。

但是出轨的念头,像小时候巷口炸油条的味道,像冬天北京城深重的雾霾,像第一次看过毛片心里和腰里的同时冲动,挥之不去。

老张并不老,只是在一场旷日持久的婚姻里,老张觉得自己老了,主动把自己从小张叫成了老张。

老张甚至发现了,在婚姻里,时间是相对的。他甚至动过念头,想写一篇论文,连标题都想好了,就叫《婚姻时间相对论》,主题就是探讨男人和女人为什么都会觉得婚姻漫长，催人老去。

终于，在一个夜里，和老婆激烈争吵过后，老张披着衣服，出了门。

他在北京的雾霾里，点了一根烟，同时思索着人生。

这次争吵，老张又被迫交代了一些秘密。

例如，老张私人理财账户里的金额，前些日子为什么单独宴请新到公司的女下属，以及到底有没有联络在老张回忆里依旧鲜活的前任们。

老张觉得很累。

但老张并没有想过要结束这段婚姻。

机会成本太高，况且，老张并非不爱自己的老婆。

只是自己被欲望裹挟着，这股欲望还真是奇了怪了，不单单只是想要睡一个年轻女人，不单单是想证明自己的体力、腰力和魅力，更重要的是，老张觉得无论是再卑鄙的人，还是再幸福的人，都需要一个私密的发泄出口。

但老张实际上是个老实人。

出轨这件事对他而言，是个苦差事。

他习惯于把一切都规划得密不透风，甚至无懈可击，像个推理小说家一样，周密地计划着一切。

对老张来说，出轨，不比杀一个人简单。

其中涉及太多的逻辑要推导，太多的谎言要编织。

他决心动用自己所有的智商和情商，完成这次壮举。

首先，老张对自己进行心理建设。

毕竟，老婆对自己很好，贴心，乖巧，家里大小事务不用老张操心。除了爱吵几句，老婆几乎没有缺点。

就连老张喜欢鲜艳的情趣内衣，角色扮演，甚至是拍一些小短片，老婆都逆着她的性子配合。

一个女人愿意为了一个男人做不愿意、不擅长的事情，这本身就是爱情。

老张努力想要找到老婆的缺点，以防将来万一出轨被发现，可以有个站得住脚的说法。

接下来的日子，老张双眼都长出放大镜来。

她吃饭很快。

她有时候内衣不成套。

她有洁癖，每次上床前，用洗澡、剪指甲、消毒、抹润肤露等全套流程，消磨着老张的性趣。

老张这才发现，要找到老婆的缺点容易，但要找到她足以让自己出轨的缺点，几乎不可能。

老张放弃了。

老张换了个思路。

另外一个女人的诱惑,就是男人出轨的绝佳理由。

换句话说,只要有一个女人,近乎疯狂主动地诱惑老张,老张作为男人这个物种天生的抗不住诱惑体质,出轨一次,自然无伤大雅。

老张被自己的想法惊艳坏了。

到底谁会主动诱惑我呢?

老张开始在自己脑子里检索。

公司的新下属,名字就很妖,叫索菲亚。

索菲亚每天穿得都很少,一年四季都露着胸前的沟壑,每次给老张送文件的时候,都展露出来给老张看。

老张有时候开着车会产生某种幻觉,自己正驾驶汽车开在索菲亚的胸脯上,不是上坡就是下坡,中间虚怀若谷,清风吹彻。

老张开始思索,索菲亚最有可能主动诱惑我了,毕竟我是她上司,我只需要一些可进可退的暗示,索菲亚自然就主动投怀送抱了。而我也不用付出太多,多关照一下,工资多给她涨涨,有合适的升职机会推荐一下她就完了,用无伤大雅的代价换一次出轨,太值得了。

主意打定,老张决定今天上班的时候,就暗示索菲亚。

在去公司的路上,老张演练了好几种版本:

老张故意没拉西裤的拉链，索菲亚递文件的时候，看在眼里，当然不能让领导没面子了，索菲亚直接动手帮老张拉上拉链，老张趁机锁住了她……

办公室里，老张叫住索菲亚，让索菲亚关上门，走近索菲亚，亲切地问候，小索啊，最近工作累不累？需不需要我帮忙啊？

然后有意无意地拍拍索菲亚的肩膀，索菲亚又不是傻子，怎么会听不出里面的弦外之音，当即就软在了老张怀里……

老张以工作名义，带索菲亚出差，到了酒店，晚上，老张和索菲亚喝酒，老张假装醉了，叹息着，痛诉已婚男人的困境，索菲亚听着听着就被激发了母性，抱住了老张，像安慰自己孩子一样安慰着他……

老张想得太投入，倒车的时候，差点撞上停车场的柱子。

还没下车，老张就发现，集团大领导的车开进了预留的车位，老张一愣，随即就看见索菲亚风情万种地从电梯里走出来，径直走向大领导的车。车门打开，索菲亚俯身，一只手从车里伸出来，摸了摸索菲亚的脸蛋儿，又拍了拍她的屁股，索菲亚娇羞地拿着一个盒子，依依不舍地告别了大领导。

老张心里骂了一句脏话，小贱人，连大领导都勾引，他都五十多了，真下得去手！不要脸！

索菲亚没戏了。

老张很挫败，看来要找一个主动诱惑自己的女人，也很困难。

老张又想，不然就嫖吧。

花点钱，省点麻烦。

也别去找小姐了，脏，惹一身病，不值当。

找个外围吧，找个由头，去三亚开会，花个万把块钱，和小外围疯狂疯狂，谁也不给谁找麻烦。

通过好几层关系，假借为了公司领导办事，辗转打听到一个外围中介的联系方式。

中介很热情，问老张，需要什么样的姑娘。

老张想了半天，就发过去一个字：骚。

中介随即发过来七八个小视频，涵盖了各个地域，不同风格。

老张翻来覆去看了好多遍，看花了眼，女孩子长相都差不多，下巴尖尖的，苹果肌满满的，眼睛大大的。

同质化严重，但身材都不错，心跳加速地定了一个，随即想了想，干脆，一不做二不休，找俩，一次性解决欲望问题，后续还可以写本小说，叫《老张的欲望问题是如何得到妥善解决的》。

好在出差老婆从不多问。

老张到了三亚，定了酒店，心潮澎湃。

老张洗了澡，安静地等待着。

不多时，敲门声想起，老张开了门，迎进来两个身材曼妙的女子，浓妆艳抹之下，老张看不清她们的真实面貌，这倒是让老张有一种梦幻感。

老张请两个女孩喝酒，觥筹交错，老张没适应如何跟她们聊天，就依照自己平日里的工作习惯，问女孩，工作怎么样？压力大吗？适不适应啊？这个工作分不分淡季和旺季啊？

面对着老张的慈祥，两个女孩开始还保持礼貌，后来渐渐失去了耐心，索性就开了口，老板，不瞒您说，今晚上我们还有客户，时间都是定好了的，您看要不咱赶紧搞吧？

另一个女孩也赶紧附和，是啊是啊，赶紧搞吧，不早了，酒也喝得差不多了。

老张一下子呆住，虽然女孩并没有做错什么，但"赶紧搞吧"，这个"搞"字让老张觉得自己是动物，而且是最不体面的动物。

老张突然觉得男人这个物种可怜。

是欲望让男人不体面了吗？

还是这笔明码标价的交易让男人不体面了？

老张想了很多，想到了老婆，想到了孩子，想到了自己以后心里都会有个糟糕的秘密。

我这到底是在干吗？

一个"搞"字,让老张软了下来,也冷了下来。

他给了女孩子小费,平静地赶走她们。

当天晚上,他欲望全无,穿着浴袍,站在窗口抽烟。他觉得自己的某一部分可能永远地丢掉了。

买了机票,匆匆回到家,给老婆带了大包小包的礼物。

男人总在内疚之后,近乎报复性地对老婆好。

老婆一边埋怨着老张乱花钱,一边难掩喜悦地翻看着。

老张心想,女人真是不容易满足但又太容易满足的动物啊!

晚上,老婆洗完澡要关灯。

老张拦住,命令一般,去,穿上我给你买的那套内衣。

老婆一愣,随即转身去了洗手间。

老张被自己的某一部分猛地惊醒,焦灼地等待着老婆穿着成套内衣,从洗手间里出来……

后记

我是个作家，靠写故事为生。

很多人都以为故事是写出来的，其实不是。

故事的来源有两类：

一类故事是狩猎来的。

作家跟猎人一样，干的其实是狩猎的活儿。

有一天，你遇到一个好故事，你就应该毫不犹豫地开一枪，捕获它。

否则这个故事就会长了腿跑掉，长了翅膀飞走，也有可能永远消失。

另一类故事是长出来的。

作家就像一个养宠物的。

养的宠物不是猫、狗，或者爬行动物，而是一群活字。

这些字是活物，有自己的生命，它们的食物是我对周围世界的感受。

有些说不清道不明的时刻,灵感光顾,忽有所感,这些活字就兴奋起来,在白纸上像蚂蚁一样爬来爬去,慢慢组成了一个故事,这跟陆游说的"文章本天成,妙手偶得之"其实是一个意思。

故事,就是自己生长出来的。有时候长这样,有时候又长成了那样,连作家自己都无法控制,就像你尽管生养了自己的孩子,给以温柔和耐心,但孩子仍旧会成长为你意料之外的样子。

而你所要做的,就是爱他们,由着他们。

这是我长出来的第八本书,离著作等身,又近了一点点。

出 品 人：许　永
出版统筹：海　云
责任编辑：许宗华
特邀编辑：何青泓
封面设计：李嘉木
印制总监：蒋　波
发行总监：田峰峥

投稿信箱：cmsdbj@163.com
发　　行：北京创美汇品图书有限公司
发行热线：010-59799930

创美工厂
微信公众平台

创美工厂
官方微博